아사기리 하레루

“야호~! 모두의 마음속 태양, 아사기리 하레루가 떠올랐어!”

모두를 활짝 웃게 만드는 걸 좋아하는 활력이 넘치는 여학생. 모든 것에 호기심이 왕성하고 기운이 넘친다. 멈출 줄 모르는 기세로 주위 사람들의 예상을 아득히 넘어서는 언동도 종종 보여준다.

우츠키 세이

“안녕, 제군! 모두의 세이 님, 등장이다!”

전생에선 남자의 정기를 양식으로 살아가는 서큐버스였지만, 동성인 여자한테만 흥미가 있어서 굶어 죽었다. 환생하고 난 뒤 지금에 이르렀다. 머리의 뿔은 전생의 흔적.

카미나리 시온

“콘미코~! 모두의 마마, 카미나리 시온이야~!”

아홉 개의 꼬리를 가진 무녀이며, 신의 사도로서 사람들의 안녕을 지키고 있다. 아홉 개의 복슬복슬한 꼬리는 감정에 맞추어 격렬하게 움직이기 때문에, 그녀의 등 뒤에 설 때는 주의가 필요하다.

히루네 네코마

“냐냐~앙! 고소한 냄새에 이끌려 등장! 히루네 네코마다!”

낮잠을 아주 좋아하는 오드아이 동물 소녀. 그러나 뭔가 먹고 있는 사람이 가까이 있으면 갑자기 일어나 눈빛을 반짝거리며 곁에 다가간다. 뭔가 주면 좋아한다. 안 줘도 쓰다듬어주면 좋아한다.

소우마 아리스

"네! 소우마 아리스, 현 시간부로 등장 했습니다!"

자기 자신의 해방을 테마로 삼은 아이돌 그룹, 레지스탕스의 멤버. 쿨한 외모로 남녀 모두에게 인기가 있지만 알맹이는 허당이라, 멤버들이 이미지를 사수해주느라 고생하고 있다.

소노카제 에에라이

"얏호~ 여러분~! 즐거우신가요~ 랍니다~! 에에라이 동물원의 소노카제 에에라이랍니다!"

온갖 동물이 모여 있는 거대 테마파크, 에에라이 동물원의 원장을 맡고 있는 엘프. 어째선지 동물들에게 절대복종 수준의 존경을 받는 모양이다.

Live-ON

라이브온

선택받은 빛나는 소녀들

소식 | 굿즈

가이드라인 | 소속 탤런트 | 회사개요

야마타니 카에루

"산을 넘어, 계곡을 건너, 이윽고 돌아오는 장소. 야마타니 카에루의 방송에 잘 오셨어요."

마음씨 착한 사람이 무거운 상처를 입었을 때, 어디선가 나타나 치유를 선사하고 바람과 함께 사라진다는 의문스러우며 신비적인 여성.

이로도리 마시로

"안녕~ 콘마시로~. 이로도리 마시로, 마시롱입니다."

그림을 그리는 것이 삶의 보람인 일러스트레이터. 조금 독설가지만, 사실은 상당히 성격 좋고 상냥한 소녀.

코코로네 아와유키

"여러분, 안녕하세요? 오늘도 예쁜 담설이 내리네요. 코코로네 아와유키입니다."

담설(淡雪)이 내리는 날에만 나타나는 미스터리한 미녀. 빨려 들어갈 것 같은 보라색 눈동자의 안쪽에는 과연 무엇이 숨어 있는 것일까…….

마츠리야 히카리

"콘피카~! 축제(마츠리)의 빛은 인간 호이호이, 마츠리야 히카리입니다!"

전국의 온갖 축제에 출몰하는 축제소녀. 각각 다른 지역에서 열리는 두 축제에 완전히 같은 타이밍에 출몰했다는 설이 있다.

야나가세 챠미

"여러분을 힐링의 극치로 안내해 줄 야나가세 챠미 누나가 왔어요."

본래 아싸였지만 용기를 내서 인싸로 데뷔했더니 대성공. 그러나 내면은 변함이 없어서 겉모습만 인싸인 아싸가 남았다.

Set List

VTuber인데 방송 끄는 걸 깜빡했더니 전설이 되어있었다 [3]

나나토 나나 지음
시오 카즈노코 일러스트
박경용 옮김

지금까지의 줄거리

조회수 999,999회 · 2021.09.20.

❤ 9999 | 💔 155

슈와 쨩 클립 ch

구독자 5만명

구독중

일단 전제해둔다. 이 세계가 **미와 아○히로 VS 쿠로야나기 테○코**에 의해
빛과 어둠의 균형이 유지되는 것처럼,
라이브온 소속 3기생 VTuber 코코로네 아와유키라는 존재는 **아와**와 **슈와**로 성립된다.
이것은 **맥○날드**와 ○FC가 합병한 결과,
회사명이 어째서인지 **서○웨이**가 되어 **불타오른 것**과는 다른 세계의 일이다.
후배인 4기생의 **소우마 아리스**에게 **사랑 고백**을 받은 아와유키는
4기생 **야마타니 카에루**의 마마가 되고, 마지막으로 4기생인 **소노카제 에에라이**가
원장을 맡은 동물원에서 2기생인 **카미나리 시온**의 아기가 되어 있었다.
이러한 영광을 통해 더욱이 VTuber로서 한 꺼풀 탈피하여 성장한 아와유키는
동기인 **이로도리 마시로**와 **동침**을 하게 된다. **동기**와 **동침**을 하게 된다.
두근두근동기동침을 하게 된다. **두근두근벌렁벌렁짤랑짤랑짤○이?!** 완전 좋아!
나 **짤○이** 좋아해! 보고 있으면 마음이 **철렁철렁**해버려! 좋아해! 전부 좋아!
머리의 더듬이 같은 게 특히 좋아! **마인 ○우** 같아서 좋아! **마인 ○우** 좋아! 너무 좋아!
초콜릿 빔! 참고로 그 **서○웨이**가 **스○벅스**와 합병한 결과,
회사 이름이 **교자 ○장**이 되자 대중도 납득하여 불판도 진화됐다.
결국 **왕○**의 점장이 되기 전 **아르바이트 면접**을 받는 단계에 나아간 아와유키.
놀랍게도 1기생이자 아와유키가 가장 존경하는 인물인 **아사기리 하레루**가
그녀에게 라이브 참가 요청을 보내오는데…….

프롤로그

"오늘은 유키 씨에게 긴히 부탁드릴 게 있어서 전화를 드렸어요."

"네? 부탁인가요?"

마시롱이 하룻밤 묵고 돌아간 다음 날. 오늘은 매니저인 스즈키 씨와 회의가 있었다. 평소처럼 방송 내용에 대한 이야기인가 했는데, 통화를 시작하자마자 이런 말을 들었다.

뭐지? 새로운 기획의 참가 권유인가? 하지만 부탁이란 뉘앙스는 처음인 것 같은데.

"1기생인 아사기리 하레루 씨가 콜라보 의뢰를 했어요. 거기에 참가해 주셨으면 해요."

"지, 진짜로요?!"

드, 드디어 이때가 와 버렸군!

월크 방송 때 의미심장한 말을 듣고서 내심 계속 애타게 기다리던 하레루 선배와의 콜라보…….

그게 무슨 부탁이에요. 오히려 이쪽이 부탁하고 싶을 정도인데요.

나는 열성 하레룽 신자니까, 물론 흔쾌히 수락하는 것 말고는 있을 수가 없소이다ㅋㅋㅋ

"꼭 참가하고 싶어요!"

"아니, 그게 말이죠. 받아주시면 물론 감사하지만, 만약을 위해 기획 설명을 듣고 난 뒤에 답변해 주시면 좋을 것 같아요……."

어, 어라? 이 빙빙 돌리는 느낌은 뭐지? 스즈키 씨답지 않은데……?

물론, 그 하레루 선배다. 「머릿속의 나사가 풀렸기에 대신 그 자리에 드라이버를 콱 박아놨습니다」 하는 기획을 가져올 가능성을 부정할 수는 없다.

"그래서…… 뭘 하는데요?"

"자세하게 설명드릴게요. 정보 공개될 때까지 비밀로 해주셨으면 하는데요. 사실 지금 라이브 공연장을 빌려서 아사기리 하레루 솔로 라이브를 기획하고 있어요. 연주도 현장에서 하는 진짜 라이브입니다."

"어, 공연장을 대관한다고요? 실제로 장소를 빌려서 관객을 부른다는 건가요?"

"네. 라이브온에서는 처음 시도하는 거죠. 규모는 입장객 약 3천 명에 인터넷 스트리밍도 예정하고 있어요."

"3천 명?!"

"네. 하레루 씨의 인기를 생각하면 이것도 좀 적죠."

"진짜인가요……."

음악으로 3천 명을 한 자리에 모으다니……. 물론 평소 내 방송에도 방대한 수의 사람들이 오지만, 인터넷 회선을 통해서가 아니라 직접 와준다는 걸 생각하자 압도될 것 같다.

"그렇게 됐으니, 유키 씨에게 부탁하고 싶은데요."

"불길한 예감밖에 안 들어요."

"하레루 씨가 라이브의 피날레 때 유키 씨와 태그로 서프라이즈 신곡을 부르고 싶다고 했어요."

"란~○~루~☆"

"그립네요, 그거. 누구였죠? 저기, 도, 도, 도날…… 오와피[#1]였던가요?"

"그 이상은 봐주세요."

하레루 선배가 분명히 「굉장한 일」이라고 했었지만, 정말로 예상 밖이면서 터무니없는 패스가 날아왔는걸!

역시 라이브온의 의인화라 불리는 인물이야! 기대를 아득한 방향으로 발사시키는 모습이 마치 쾌청한 하늘처럼 시원스러워! 하레루(쾌청하다) 선배니까…… 죄송합니다.

"그, 그런 큰 역할을 어째서 저한테요?"

"그건 본인에게 듣기 전엔 모르죠. 그렇지만 하레루 씨, 유키 씨가 안 나오면 안 하겠다고도 말을 했어요."

"네?! 안 한다니, 라이브 자체를요?!"

"네. 그러니까 『부탁』입니다. 아직 기획 단계라지만 솔직히 라이브온으로서는 더욱 비약하기 위해 라이브를 개최하

#1 오와피 「오와콘 피에로」의 줄임말. 모 햄버거 체인점의 마스코트 피에로가 외친 대사 「란~란~루~」가 한때 밈으로 유행했으나, 시간이 흘러 「한물간 콘텐츠」란 뜻의 「오와콘」과 합쳐 오와콘 피에로라 불리게 됐다.

고 싶어요. 그러니까 유키 씨가 힘을 빌려주셨으면 해요."

……모르겠어! 하레루 선배가 무슨 생각을 하는지 전혀 모르겠어! 고작 후배 한 명의 출연 유무로 자기가 히어로가 될 수 있는 무대를 부정할 수 있다고……?

"혼란스러운 것도 이해해요. 하지만 라이브온도 깜짝 놀랐습니다. 『그 하레루 씨가 나와준다』라는 것에."

"응? 무슨 뜻이죠?"

"하레루 씨는 오기로라도 자기가 주역인 기획을 안 하려고 하니까요. 지금까지 몇 번이나 거절을 해왔어요……."

"그, 그랬어요?! 말도 안 돼?!"

그런 일이 있을 리 없다고 생각하며 과거 하레루 선배가 출연한 콜라보 기획을 돌이켜봤다.

—정말이다. 2기생이 들어온 뒤부터 오늘에 이르기까지, 그녀는 단 한 번도 「자신을 위한 기획」을 한 적이 없었다.

너무나 존재감이 커서 눈치를 못 챘어……. 내가 모를 정도니까 인터넷에도 눈치챈 사람이 상당히 적을 거다.

"하지만 어째서……."

"하레루 씨는 본인이 『라이브온의 사원』이라는 것을, 『라이버』라는 것만큼이나 소중하게 생각하거든요. 간단히 말하면 무대 뒤에서 라이브온을 지탱하고 싶다는 마음이 강해요. 겸업은 바쁘니까 라이버에 전념하지 않겠냐고 꽤 여러 번 제안 드렸는데, 그녀는 전혀 들어주질 않았죠."

"어쩐지 엄청 의외네요. 언제나 최전선을 달리고 있는 느낌이라고 생각했어요."

"그야 후배를 위해서라면 어떤 기획이라도 진심을 담아서 열정적으로 임하니까요. 하지만 자기가 주역이 되는 걸 싫어해요. 근본적인 이유는 본인밖에 모르겠지만요."

"신기하네요. 라이버 활동을 싫어하는 건 아니죠?"

"그건 아닌 것 같아요. 『내가 VTuber계를 띄워주겠어』라고 언제나 말하니까요."

"으음……."

정말로 종잡을 수 없는 사람이야. 자유분방한 것처럼 보이지만, 분명한 의지도 느껴진다.

"이번 기획도 술자리에서 안 될 줄 거라고 생각하고 출연해 주시면 안 되겠냐고 물어봤더니, 『슈왓치가 마지막에 나와준다면 좋아』라고 하셔서 기적이 일어났다고 생각했죠."

"그렇군요. 일의 전말은 대충 알았어요."

"이해가 빨라서 좋네요. 그래서, 참가 여부는……."

"기꺼이 수락하겠습니다."

"저, 정말인가요?! 감사합니다!"

놀란 건 사실이지만, 무엇보다 그 하레루 선배의 권유거든? 거절하는 건 내 인생에서 너무나도 커다란 손실!

게다가 긴장은 되지만, 이 규모의 라이브는 너무나도 귀중한 찬스다. 성공하면 평생의 추억이 될 거야.

하레루 선배에게 성장한 내 모습을 보여주겠어!

"그러면 수시로 연락을 할 테니, 잘 부탁드립니다."

"기대하면서 기다릴게요!"

이제부터 얼마간 지루할 걱정은 없겠어.

제1장

L-1 그랑프리

하레루 선배의 라이브가 정해지긴 했지만, 라이브 준비와 방송을 병행하는 일과에 변화는 없다. 그래서 오늘 방송은―.

『여러분, 콘미코~! 마더 테레사의 마마도 되고 싶은 카미나리 시온 마마야~! 그리고 오늘은 유쾌한 동료들이 모여 있습니다! 다들 인사할 수 있지~?』

“““““““콘미코~!”””””””

『네, 참 잘했어요~!』

: 왔구나아!

: 오랜만에 대형 콜라보다!

: 방금 그 목소리만 듣고서도 불길한 예감밖에 안 드는 데ㅋㅋ

: 지금 인사에 맞춰서 캔 음료 따는 소리 섞이지 않았어?

: 슈와 쨩, 캔 뚜껑으로 인사하지 마.

푸슉푸슉푸슉푸슉! 태~앵(건배하는 소리). 푸슉푸슉!

자자자자자자, 현재 사고 회로에 스ㅇㅇ로를 마구 주입하는 슈와 쨩입니다~!

하레루 선배와 콜라보는 규모가 크다 보니 준비에 시간이 걸리는 중이라, 현재는 추가 정보를 기다리는 중이다. 그래서 이번에는 시온 마마 기획의 대형 콜라보, 이름하여 『L-1 그랑프리』에 참가했습니다!

어떤 기획인지는 이제부터 시온 마마가 AV 여배우의 신체 파라미터처럼 상세하게 알려줄 거야. 남자는 최면 음성을 들을 때처럼 귀를 빳빳이 세우고, 여자는 귀의 막을 관통시키고 듣도록!

『이제부터 시작되는 이번 기획「라이브온 1 그랑프리」, 줄여서「L-1 그랑프리」의 사회 진행 겸 태클을 담당하는 시온 마마입니다! 잘 부탁드립니다! 그러면 일단 기획 설명이네요. 모 방송의 이미지가 있어서 개그 기획이라고 생각한 시청자들이 많은 것 같아요. 정답은 아니지만, 오답도 아닌 느낌일까요? 다시 말해서! 이번에 모인 라이버는 두 명이 태그를 짜서 주제에 맞춘 즉흥극을 해줘야 합니다!』

이다음에 정성스럽고 간결하게 전달된 기획 내용을 요약하면 아래와 같다.

1. 이번 기획은 두 명이 태그 콤비로 참가한다.

2. 시온 마마가 콤비마다 룰렛을 돌려, 나온 주제의 상황에 맞추어 각 콤비가 즉흥극을 한다. 그리고 시온 마마 말고 다른 참가자는 발표 전까지 본인들의 주제를 알 수 없다.

3. 즉흥극이다 보니 사전 준비도 못 해온 두 사람만 내버려 두면 당연히 엉망으로 흘러갈 우려가 있으므로, 극의 진행과 실황 역할로 시온 마마가 참가한다.

4. 즉흥극의 시간은 3분. 이때 가장 기억에 남는 즉흥극을 한 콤비가 우승.

『즉흥극이 개그가 될 가능성도 있지. 조금 전에 정답은 아니지만, 오답도 아니라고 한 건 그런 의미야. 하지만 이건 어디까지나 즉흥. 다시 말해서 말로는 형용하기 어려울 정도의 카오스 공간이 될 가능성도 있다는 것. 그것이 이 기획의 요점이야!』

: 그렇군.

: 일상조차 카오스인데 그걸 더욱 카오스로 만드는 건가(당황)

: 이거 어디 예능 프로덕션이 연기 레슨 중에 했다가, 소속 탤런트가 지옥이라고 했던 거 같은데…….

: 하긴 이걸 내가 한다고 생각하면 완전 싫음 ㄹㅇㅋㅋ

: 다들 어떤 마음으로 모인 걸까…….

『나도 처음에는 내심 아무도 안 올 것 같다고 생각했어. 하지만 모이고 마는 게 또 라이브온이지! 분명히 다들 「또 뭐 하고 있네ㅋㅋ 이왕 이렇게 된 거 참가해 주마ㅋㅋㅋ」 하면서 왔다니까! 그런 모두에게 지옥을 보여주겠어!』

저의 경우는 술기운에 참가 신청했다가, 술이 깬 뒤에

아와가 머리를 감싸 쥐고 있었습니다. 하하.

『그렇지만 말이야. 당연히 대회 형식의 기획인 만큼 경품도 준비했어! 우승 상금으로, 무려 콤비 한 명당 10만씩, 20만 엔을 준비했습니다! 마마가 분발해서 저금통 배를 갈랐습니다~! 에헤헤.』

흐음, 보너스 같은 느낌이네. 기대되는구나~ 후헤헤헤.

: 진짜냐?

: 조금 보충해드려야겠군. ¥30,000

: 마마가 (저금통) 배를 갈랐으면, 제왕절개인가?

: 참가한 라이버들 전부 10만 엔 받는다는 걸 전제로 참가했을 것 같음.

: 라이버 「참가하면 10만 엔 받을 수 있다던데ㅋㅋ 럭키~ 참가한당~ㅋㅋ」

『그리고 참가자 모두에게 대회 참가에 대한 각오와 우승 상금으로 사고 싶은 걸 물어봤어! 시온 마마는 우승이랑 상관없지만, 참고삼아 준비를 해봤으니까 보세요!』

시온 마마의 말과 동시에 화면에 커다란 자료 화면이 짜잔~ 하고 표시됐다.

이름: 카미나리 시온

대회에 대한 각오: 범한다

우승 상금으로 사고 싶은 것: 애○스토퍼

: 응?!

: 젠장ㅋㅋ 방금 뿜었음ㅋㅋㅋ

: 「범한다」에서 이미 꿀잼 확정ㅋㅋ

: 시온 마마…… 육아를 하느라 지친 걸까……?

: 애가 10명이나 있으니까, 어쩔 수 없지.

: 애○스토퍼라는 건 뭐냐?

: 성의식 레벨이 너무 높아…….

시온 마마, 우리들의 샹그릴라에 온 걸 환영합니다.

여고처럼 주변에 남자가 없는 환경에서는 백합에 눈을 뜬다거나 하잖아. 주변에 개성적인 술밖에 없는 탓에 순수한 물이었던 시온 마마도 알코올 발효를 해버린 거겠지.

잘 가라, 맑은 나날이여. 건배.

『엥?! 이거 뭐야?! 난 이런 거 안 썼어!! 분명히 이 화면을 준비해준 건 세이 님이었을 텐데…… 정말, 세이 니임—!!』

"여기는 세이 님. 실례, 이쪽의 실수로 시온 군의 대답이 내 것과 바뀌어 버린 것 같아."

『아무리 봐도 일부러 한 거잖아! 얼른 제대로 된 자료 보여 줘.』

"오케이."

이름: 카미나리 시온

대회에 대한 각오: 죽어도 보살핀다

우승 상금으로 사고 싶은 것: 고아원

『그래, 이거야! 이게 올바른 거야! 아이참, 정말!』

: 어쩐지 여기에서도 깊은 어둠이 느껴지는데…….

: 뒷면에서 인류 보완 계획 같은 거 꾸밀 것 같음.

: 대회에 대한 각오가 너무 진심인데ㅋㅋ

: 이것이야말로 주최자의 귀감.

: 수정한 뒤에도 수정이 필요한 거 실화냐ㅋㅋ

『그러면 서론은 이 정도로 하고, 이제 기획을 진행할게! 각오는 각지 등장할 때 소개할 테니까 잘 부탁해! 그러면 개막을 장식하는 콤비는 이 두 사람, 코코로네 아와유키(슈와 쨩)과 우츠키 세이의「방송 사고 콤비」등장이다아아!!』

오, 설마 첫 번째인가요!

“우리들의 차례 같은걸, 아와유키 군. 자, 성대하게 한 방 먹여주자고.”

“그렇네요, 세이 님. 첫 번째답게 뒤의 팀들에게 모범이 되는 방송 사고를 보여줄까요?”

『슈와 쨩, 방송 사고는 고의로 일어나는 게 아니니까 방송 사고라고 불리는 거야…….』

: 드립과 꿀잼이 넘쳐흐른다.

: 콤비 이름만 본 시점에서 결말이 보여.

: 가○ 라이더 주인공과 전대물 레드가 손을 잡은 것 같은 감동이 있다.

: 물질과 반물질이 손을 잡은 거겠지.

: 방송에서 BAN이라는 이름의 쌍소멸을 일으키는 거군요(끄덕끄덕).

: 하다못해 주변을 끌어들이지는 말자…….

『세이 님은 아까 봤으니까 넘어가고. 슈와 쨩의 각오와 상금의 용도도 물어봤으니까, 보시죠!』

이름: 코코로네 아와유키(슈와 쨩)

대회에 대한 각오: 까놓고 오늘은 심심풀이로 왔어요!

우승 상금으로 사고 싶은 것: 욘토리

: 인생 깔보고 있잖아ㅋㅋ

: 라○우 장례식 심심풀이 방문 누님[#2]의 환생인가?

: 무슨 전략 병기인 것처럼 말하지 마.

: 각오의 가벼움과 상금에서 보이는 야망의 크기 사이에 갭이 너무해!

: 이때의 10만은, 현재의 화폐 가치로 10만이다!!

: 변화가 없잖아.

#2 라○우 장례식 심심풀이 방문 누님 2007년, 만화 「북두의 권」의 등장인물 라오우의 최후를 그린 극장판이 개봉, 이를 기념해 그의 장례식이 열렸다. 약 3천 명이 참석한 해당 이벤트에 라오우가 누군지 모르는데 「까놓고 심심풀이로 참가했다」라는 여성의 인터뷰가 화제가 되었다.

: 욘토리도 이런 매수 희망자를 보면 안색이 창백해질 거야.

: 그야 고작 10만으로 국내 굴지의 대기업을 사려는 녀석을 보면 의무교육의 패배를 느낄 테니까.

『자, 그럼 주제를 정할 룰렛을 돌릴게요~! 다들 화면에 주목!』

화면에 룰렛이 표시됐다. 룰렛에는 왕도에 하기 쉬운 시추에이션부터, 의미를 알 수 없는 테마까지 후보가 많았다.

"그렇군요……. 근데 뭐가 나오든 여유롭겠죠, 세이 님?"

"그럼. 오히려 세 개의 시추에이션을 섞어도 좋을 정도야."

『오, 그런 말을 해도 될까? 정말로 해버린다?』

""다메다네~ 다메요~, 다~메~ 나노요~.[#3]""

『애들은 정말…… 자! 이제 정말 돌릴 거야! 지옥으로 가는 카운트다운, 스타트!』

빠르게 룰렛 위를 돌아가는 바늘.

모두가 숨을 삼키는 가운데, 바늘이 가리킨 운명의 결과는―!

『짜잔! 주제는 편의점으로 결정됐습니다!』

오, 이건 꽤 좋지 않을까? 상당히 융통성이 있을 법한 주제다.

그럼 문제는 어떻게 사고를 일으킬 것인가…… 세이 님

#3 다메다네~ 다메요~, 다~메~ 나노요~. 게임 「용과 같이」 시리즈에 나오는 노래, 「바보 같아」의 하이라이트 가사. 해석하면 「안 되겠어, 안 돼」라는 뜻이다. 곡 자체는 애절한 발라드곡이지만, 게임 내 연출이나 인터넷의 영향으로 인해 개그 장면에서 자주 쓰인다.

과 콤비네이션이 필요불가결하군.

뭐, 성욕으로 굳게 맺어진 우리들의 인연이라면 가는 곳마다 사고가 끊이질 않지. 긴장 풀고 가자!

"세이 님, 하고 싶은 역할 있어요?"

"으음~ 점원일까?"

"알겠어요. 그러면 저는 손님을 맡을게요."

『좋아! 준비는 다 됐어? 안 됐어도 시작할 거지만 말이야~! 그러면 지금부터 3분간, 여기는 편의점입니다. 자~ 스타트!』

신호와 함께 머릿속의 인식을 방송에서 즉흥극의 무대로 전환했다.

나는 손님이니까, 일단 가게에 들어가야지.

"우우, 추워라……. 오늘은 뭘 사지……."

"어서 빠십시오~!"

"응? 점원 씨, 지금 뭐라고 했어요?"

"어서 오십시오~!"

"뭐야. 말이 좀 빨라서 잘못 들은 거구나."

『점원은 확 잘려 버렸으면……. 자 그럼, 지금 슈와 짱이 편의점에 들어갔습니다~!』

: 우와아(기겁)

: 개막하자마자 저지르네…….

: 시온 마마, 진심이 흘러나왔다.

자, 가게에 들어간 다음은 상품을 봐야지.

"따끈한 마실 거라도 살까……. 아, 만화책 신간 나왔네."

"거기 예쁜 손님. 잠깐 괜찮을까?"

"네?"

『오오! 여기서 가게 안을 살피는 슈와 쨩에게 세이 님이 말을 걸었다!』

"우리 가게에 새로 비디오를 들이기 시작했거든. 괜찮으면 봐주지 않겠어?"

"어, 비디오라면 영화 말인가요? 좋네요! 뭐가 있어요?"

"이것저것 있어."

"슴파○더맨 있나요?"

"있어."

"아○앙~맨은 있나요?"

"있어."

"어벤○스는 있나요?"

"없어."

『왜 패러디 AV는 있는데, 그건 없는 거야?!』

"와이프온은 혹시 없나요?"

『슈와 쨩은 라이브온의 패러디를 찾지 말고!』

"있어."

『있어?! 이미 늦어 버린 거야?!』

: 어어어…….

: 이게 일상대화냐? 진짜?

: 평소 방송할 때도 이런 식이니까, 일상 맞지.

: 패러디 AV라는 단어가 나오는 시점에서 시온 마마도 꽤 오염됐네.

: 방송 사고를 넘어서 방송할 수 있는 장면이 하나도 없는데요?

: 시온 마마가 없었다면 태클 역할의 부재로 큰일 났겠군.

"뭐, 일단 살지 말지는 나중에 정할게요. 먼저 다른 걸 보고 싶어서요."

"물론 괜찮아. 이 세이 님이 점장을 맡은 편의점 『3대 욕구』에는 온갖 상품이 있으니까."

"네~에."

『가게 이름을 좀 더 평범한 걸로 할 순 없었어?』

"참고로 3대 욕구의 비율은 식욕 0.1, 수면욕 0.1, 성욕 9.8이야."

"이 가게 굉장하네. 근처의 성인용품점이 훨씬 더 편의점답잖아."

『자자! 시간도 없으니까 슬슬 상품을 골라!』

시온 선배가 재촉하기에, 편의점 상품 고르기에서 계산 장면으로 이행한다.

이대로는 제한 시간 3분을 상품 고르기로 다 쓸 것 같으니까, 우승을 노리기 위해선 이건 이거대로 고맙다.

"그러면 이거 계산 부탁드려요."

『자, 장면이 바뀌어서 슈와 짱이 고른 상품을 계산대에 놨습니다!』

"알았어. 계산대 옆에 핫 스낵이 있는데, 이건 어때? 세이 님이 추천하는 건 고기만두 2개에 프랑크프루트 소시지 1개 구성인 후타나리 세트야."

『성희롱으로 잡혀가 버려라!』

"저는 강구○ 타마고 쨩[#4] 페티시니까, 오뎅에 계란 주세요."

『이 세상에서 출입금지가 되어 버려라!!』

: 미안. 귀가 썩어서 잘못 들은 것 같은데, 지금 강구○ 타마고 쨩 페티시라고 했나?

: 오히려 귀가 썩어서 못 들은 편이 나았을 만큼 죄가 깊은 성벽을 들어 버렸다.

: 너무나도 특수한 성벽이라 유전자가 당황할 듯.

: 세이 님이 선보인 혼신의 바보짓에, 더 심한 바보짓으로 대항하는 짓 좀 그만ㅋㅋㅋ

: 진행자에게 태클을 죄다 떠넘긴 거 완전 웃김ㅋㅋ

"자, 오뎅은 이거면 되고. 아와유키 군은 또 뭘 샀지?"

#4 강구○ 타마고 쨩 강구로는 2000년대 초에 일본에서 유행했던, 머리를 밝은색으로 탈색하고 피부를 검게 물들인 갸루 패션의 일종. 이처럼 장조림 등에 들어가 검게 변한 달걀을 모티브로 한, 애니메이션 「오뎅 군」의 등장인물.

"일단 스타킹이네요. 올이 나가서 예비가 얼마 안 남았어요."

"여, 여기서 장비하고 갈 거야? 하아…… 하아…… 꿀꺽."

"RPG에 나오는 방어구 상인의 흉내를 잘 내시네요."

『터무니없는 소문이 퍼져서 방어구 상인이 피해를 보는 것 같아…… 모든 판타지 방어구 상인분들, 죄송해요!』

"그건 그렇고 방금 성욕 9.8 발언 때문에 스타킹은 없나 생각했는데, 있어서 안심했어요."

"무슨 말을 하는 거지? 스타킹은 성욕 상품이잖아?"

"아아, 그래서 학교 수영복 옆에 있었군요. 틈새 층을 노리는 것도 완벽하네요."

『살려줘, 사과드려야 할 곳이 늘고 있어…….』

"그러면 아와유키 군, 또 뭘 샀지?"

흠흠, 알았다. 이런 느낌으로 남은 시간을 밀어붙이는 거구나. OK, OK. 완벽하게 이해했어요, 세이 님.

그렇네, 다음은…….

"다음은 스○○로네요. 이제 스○○로라고 입력하면 검색 예측에 슈와 쨩이라고 나올 정도니까요. 안 사는 게 이상하죠."

"여, 여기서 장비하고 갈 거야? 하아…… 하아…… 꿀꺽."

『엥? 장비한다니, 어디에?! 인체에 스○○로를 장비하는 건 예상 범위 밖이야! 그리고 어째서 흥분하는 거야?!』

“엇, 그, 그래도 되나요?! 그러면 시험 삼아서 장비해버릴까요…… 에헤헤.”

『저기, 이거 왜 대화가 성립되는 거야? 혹시 마마가 이상한 거야?』

“이왕 이렇게 된 거, 조금 전의 스타킹도 여기서 장비해버리자! 어때, 아와유키 군!”

“좋네요! 새로운 장비를 즐기고 싶은데, 이렇게 되면 왠지 지금 입고 있는 건 방해되는 것 같아요. 잠깐 스○○로랑 스타킹 말고 다른 장비는 해제할게요.”

“아하~ 이거 좋은걸! 지금의 자네라면 파리 패션 위크에 출장해도 주목을 받을 거야!”

“잠깐 프랑스행 비행기 예약하고 올게요.”

『기다려! 이대로 가면 알몸에 스타킹과 스○○로만 장비한 변태가 런웨이에서 「안녕하세요」 하게 되니까 스톱! 일본의 치부야!』

“저기, 세이 님. 지금 일본의 치부란 소리, 어디서 안 들렸나요?”

“음, 그렇게 칭찬을 해주면 쑥스러운걸. 다음부터 콤비명을 『라이브온 일본 치부』로 개명할까?”

“어쩐지 일본 치부라는 게 일본 지부처럼 들려서 멋지네요! 라이브온도 글로벌화 되다니……. 뭐, 파리에서 글로벌화한 건 제 치부지만요! 핫— 핫— 하!!”

『이 애들의 사육 키트를 누가 좀 만들어주지 않을래?』

: 이게 뭐야(환희) ¥2,000

: 방어구 상인「사용한 방어구는 본래 가격보다 비싸게 사주지(씰룩)」

: 이게 요즘 화제인「런웨이에서 웃겨줘」인가요?

: 파리 패션 위크라면 한 걸음 더 나가서 최첨단 패션 취급을 할 것 같음ㅋㅋ

: 이 녀석들, 정말 최고라니까.

: 이게 찐으로 즉흥극이라고? 호흡 완벽한데?

: 즉흥극이라기보다 개그 꽁트잖아ㅋㅋ

: 스○○로를 장비(철학)

삐비비빗! 삐비비빗!

『앗, 자~! 3분 경과했으니까 끝! 지쳤다…… 왜 내가 지옥을 보게 된 거지…….』

시간 종료를 알리는 알람이 울려 퍼지고, 우리의 차례는 이걸로 끝났다.

시간이 더 있으면 더 띄울 수도 있을 법했지만, 그래도 꽤 잘한 거 아닐까? 채팅도 꽤 빠르게 지나간 것 같아.

『두 사람 수고했어~. 한 명씩 감상을 들어볼까? 일단 세이 님부터.』

"그렇네. 연기를 한다는 느낌이 거의 없이 자연스럽게 했던 것 같아. 아와유키 군이랑 내 사고의 궁합이 좋아서 가능한 게 아니었을까? 분명히 몸의 궁합도 좋을 거야."

『마지막 발언은 무시하고, 다음으로 슈와 쨩은 어땠어?』

"마지막이 기분 좋았어요."

『다음으로 슈와 쨩은 어땠어?!』

"죄송합니다. 제대로 된 감상으로는 꽤 분위기가 좋았어요. 상금 기대하고 있을게요."

『오오, 마무리로 확실하게 후속 콤비를 부추기는걸. 그럼 이제 두 사람은 관전으로 돌아가 줘! 이상 방송 사고 콤비였습니다! 다들 박수로 보내주세요!』

""감사합니다!""

통화에서 이탈하고, 이제부터는 후속 팀의 연기를 즐기기만 하게 된다. 으음~ 기분 좋은걸! 최고로 High!한 기분이다!

자, 이 살아 숨 쉬는 방송 사고, VTuber판 에○시라 2:50[#5] 이라고 불리는 나를 타도할 자가 나타날 것인가? 볼만하겠군요. 날 지루하게 만들지 말아 줘!

『좋아! 그러면 다음 콤비를 만나볼까요? 다음 콤비는 소우마 아리스 쨩과 마츠리야 히카리 쨩의「활기 콤비」다!』

#5 에○시라 2:50 과격한 몸 개그가 특징인 일본의 개그맨. 상반신 누드에 검은 타이츠만 입은 모습이 트레이드 마크.

“야호~! 축제(마츠리)의 빛은 인간 호이호이, 마츠리야 히카리입니다~!”

“모든 길은 아와유키 공으로 통한다. 소우마 아리스입니다!”

『네~ 자기소개 고마워! 이번에도 콤비로 참가하기도 했고, 요즘 두 사람 사이좋네?』

아, 그러게. 나도 요즘 같은 생각을 했다.

어쩐지 최근 들어 이 두 사람이 제법 콜라보를 자주 한단 말이지.

평소의 텐션이 비슷해서 그런가? 취향은 여러모로 달라 보이는 두 사람이지만, 생각 외로 좋은 콤비네이션을 보여주는 모양이다.

“네! 포위망을 좁히기 위해 아와유키 공과 가까운 3기생을 공략해가던 중에, 히카리 공과 생각보다 이야기가 잘 통해서 지금에 이르렀습니다.”

『와아~ 동기가 불순하네에…….』

“후후후. 히카리, 언젠가는 아리스 짱이 동경하는 선배 포지션이 되어 버리겠네.”

“흥. 우쭐대는 건 그만두지 말입니다, 이 로리 거유.”

“뭐야아아아! 히카리는 로리 아니거든! 술도 마실 수 있거든!!”

“실례. 합법 로리를 잘못 말했지 말입니다.”

"로리 부분을 정정하세요~!!"

이렇게 대화의 프로레슬링도 대수롭지 않게 해낸다.

나 같은 경우 세이 님이나 마시롱과의 관계가 그렇지만, 이런 건 상대방의 신용이 없으면 성립되질 않으니까. 사이가 좋다는 증거다.

아리스 짱은 너무 나의 맹신자라서 솔직히 다른 라이버들과의 관계 구축이 조금 걱정이었는데, 생각보다는 사교적일지도 모르겠네.

『하지만 이렇게 사이가 좋으면 슈와 짱이 질투를 하지 않을까~? 분명히 지금도 이렇게 둘이 꽁냥대는 거 보고 있을걸~?』

"헉?! 아, 아닙니다, 아와유키 공! 이건 그거지 말입니다! 저에게 아와유키 공이 정실이라면, 히카리 공은 오○홀인 겁니다!"

정정. 이 녀석, 무슨 소릴 하는 거야?

"응? 오○홀이 뭐야?"

"자가발전 장치입니다."

"어, 히카리는 아리스 짱한테 자가발전 장치야? 어느 정도 가치가 있는 건지 전혀 모르겠어……."

『그렇구나. 아리스 짱도 섹드립 아주 좋아하는구나. 슈와 짱의 영향을 괜히 받은 게 아니네. 손이 많이 갈 것 같은 아이야…….』

: ㅋㅋㅋ

: 선배를 오○홀 취급하는 후배가 있다는 거, 실화?

: 그보다 훨씬 심한 스○○로가 3기생에 있으니까 세이프.

: 이 둘은 멍청한 애들끼리 엎치락뒤치락하는 게 재밌어서 좋아.

: 서로 아무것도 이해를 못 하면서 기세로 밀어붙이니까 대화가 산으로 간단 말이지.

: 너무 가버린 나머지 대화 내용을 고찰하는 사람이 반드시 나타나는 게 완전 웃겨.

『자, 이제 두 사람의 각오랑 상금의 용도를 알아볼까! 자료화면, 짜잔!』

이름: 마츠리야 히카리

대회에 대한 각오: 전력으로 즐긴다!

우승 상금으로 사고 싶은 것: PF5

이름: 소우마 아리스

대회에 대한 각오: 나보다 먼저 아와유키 공과 팀을 짠 세이 공을 해치운다

우승 상금으로 사고 싶은 것: 아와유키 공

응. 히카리 짱은 보면 안심이 돼~. 마음이 푸근해져.

아리스 짱은 잠깐 체육관 뒤로 따라와라.

『애, 아리스 짱! 전 세계 사람들 앞에서 인신매매랑 선배 습격을 예고하면 안 돼!』

“습격은 그렇다 치고 인신매매는 아니지 말입니다! 뭐, 아와유키 공은 순진 바이바이하게 될지도 모릅니다만구헤헤헤.”

『입에 젖병을 계속 물려서 말 못 하게 해버릴까……. 히카리 짱은 게임기구나. 히카리 짱 답네!』

“에헤헤. 옛날부터 좋아했던 게임의 리메이크가 나오거든요! 다시 한번 그 살벌한 세계에서 피 튀기는 진흙탕에 뒹굴며 목숨을 건 전투를 하고 싶어…….”

『큰일이야. 지금의 발언을「뭐, 이 정도면 괜찮지」라고 생각해 버렸어. 나는 이제 일반인으로 못 돌아갈지도 몰라…….』

: 습격을 그렇다 치지 마. ¥6,000

〈우츠키 세이〉: 당하면 갚아준다. 세이 님이 귀여워해주마. 아와유키 군은 내 베스트 로터다. 넘겨줄 수는 없어.

: 강자의 여유, 참교육 전개인가?

: 라이브온에서는 동료를 성인용품으로 비유하는 게 유행이야?

: 그렇구나. 요즘 초등학교에서 별명으로 부르는 걸 금지한 건 이걸 막기 위해서였어.

『자, 그럼 이제 룰렛 돌릴 거야~! 마음이 편한 것도 지금뿐이라는 걸 알려주겠어!』

자, 이 주제에 명운이 걸려 있다고 해도 과언이 아니다. 또다시 회전을 시작한 바늘이 가리킨 것은—.

『용사와 마왕! 용사와 마왕입니다! 이건 꽤 어려운 주제가 아닐까요!!』

우와아…… 시온 마마, 단숨에 목소리가 신나는 기색이 됐잖아……. 주최자로서 연기자를 휘둘러서 즐기고 싶다는 욕구가 있는 거겠지. 뭐, 처음은 나랑 세이 님이 더블 자이언트 스윙으로 오히려 휘둘러 버렸지만.

자, 어떻게 될까— 두 사람은 어떤 반응이지?

"이건 히카리의 특기 분야가 와버렸네. 따낸 거나 다름없어."

"호오. 근거는 있는 겁니까?"

"어쩐지 멋있으니까!"

"그럴 거라고 생각했지 말입니다. 뭐, 저는 여유롭습니다만."

오오, 자신만만하네. 언뜻 봐서는 한바탕해줄 것 같아. 기대되는걸?

"히카리가 용사 역할 해도 돼?"

"좋지 말입니다. 저는 마왕이 특기일 것 같으니."

『그러면 타이머를 돌린다! 용사와 마왕의 즉흥극, 스타트!』

3분 타이머의 숫자가 줄어들기 시작한 지 5초 정도 지나서, 각오를 다진 히카리 짱이 먼저 입을 열었다.

"극악무도한 마왕이여! 용사인 내가 지금 이 순간 끝장을 내주마!"

오오, 이건 연기하는 게 제법 힘들지 않을까?

나랑 세이 님이 했던 편의점 직원은 일상에서 볼 수 있는 것이었다면, 이번에는 판타지 세계. 본격적인 연기의 영역이다.

역할에 몰입하지 않으면 정신적으로 수치심에 휩싸여 버릴 가능성도 있다구.

"흥! 고작 인간 한 마리가 마왕인 나를 쓰러뜨린다니, 꿈은 잘 때나 꾸는 것이지 말입니다!"

『좋아, 좋아! 서로 첫 대사를 선보이니 단숨에 이미지가 떠올랐어요!』

내가 불안을 느낀 것도 잠시, 아무래도 자신만만하게 소리를 높이는 두 사람을 보니 연기에 저항감 같은 잡념 따위는 품지 않는 모양이다.

"혼자라도 질 수 없는 싸움이 여기에 있어! 오늘 이날을 위해 죽어간 다니엘, 대니, 그렉, 레이라, 그리고 다니엘의 원수를 갚아주겠어!"

『엇, 지금 다니엘을 두 번 말한 거 아니야?』

"앗……."

"그게…… 이, 이름이 같은 동료가 두 명 있었던 것 아닙니까?"

"그, 그거야, 그거! 그 말을 하고 싶었어!"

: 마왕이 도와주고 있음ㅋㅋㅋ

: 처음부터 이 지경이냐…….

: 사라져간 다니엘을, 가끔이라도 좋으니까…… 떠올려 주세요.

……응. 이건 연기에 저항감은 없어도 그밖에 여러모로 문제가 있을 것 같네…….

내 예상은 여지없이 들어맞아서, 그다음에도—.

"여기까지 왔으니 수고했지 말입니다, 용사여. 그러나 마왕인 이 몸은 성스러운 황금 사과의 힘이 없으면 상처 하나 낼 수 없다고?"

『오옷, 여기서 중대한 키워드가 등장했다?!』

"게다가 사과는 사천왕인 루비안이 지키고 있으니, 설마 가지고 있을 리가 없는 것입니다. 이 승부, 네놈에게 승기 따위 없지 말입니다!"

"큭! 그래도 히카리는 질 수 없어!"

"어, 어라? 저, 정말로 사과 안 가지고 온 겁니까?"

"어? 아, 그거 가지고 있어! 그런데 저기…… 머, 먹어 버렸어!"

『"먹어 버렸어?!"』

"저기, 어제 배가 고파서…… 라는 식으로?"

그렇구나, 배가 고파서 성스러운 황금 사과를 먹어 버렸구나아…….

"하, 하지만! 왕녀님이 성스러운 기도를 내려준 이 성검 엑스칼리버가 있으면 분명히 이길 수 있을 거야!"

"호, 호오…… 그렇군. 저기, 어, 어차피 기도 따위는 그저 가짜가 아닌가? 한 마리 인간이 그저 의식으로 내 목을 칠 수 있다면, 왜 네놈들 인간은 오늘날까지 내 존재에 고뇌하고 있는 것입니까?"

『역시, 마왕은 비관적인 이야기를 섞어서 용사의 마음을 현혹시키려고 하는구나! 여기에 용사는 어떻게 나올까?!』

"그, 그렇지 않은걸! 이 검에는 왕녀님의 힘이 담겨 있어!"

"그것은 근거가 있는 것입니까? 그 왕녀란 자는 너에게 적당한 핑계를 대서 의욕을 부추기고, 사지로 몰아넣은 것뿐이 아닙니까? 내가 보기에 왕녀가 훨씬 마왕 같지 말입니다."

"근거는 있어! 왜냐하면 히카리가 이 성검으로 왕녀님을 찔렀으니까!"

『"왕녀님을 찔러 버렸어?!"』

"마왕을 쓰러뜨리기 위해서, 어쩔 수 없었어!"

"저기, 왕녀님은 죽은 겁니까?"

"응. 그렇지만 왕녀님의 죽음을 헛되게 두진 않아! 히카리는 지금 수많은 희생 위에 서 있어!"

"그, 그렇습니까. 어쩐지 죄송한 마음이 들지 말입니다……."

『후후훗. 좋아, 좋아! 이 수습이 안 되는 느낌! 마마가 기대한 건 이거야!!』

: 이게 뭐야……. ¥2,500

: 마왕을 쓰러뜨리기 위한 각오가 너무 무거워!

: 완전히 다크 판타지잖아ㅋㅋ

: 이대로 계속하면 점점 희생자가 늘 것 같아.

: 처음에 원수를 갚겠다고 한 사람 중에 왕녀는 없었잖아!

: 다니엘이 왕녀였겠지.

: 레이라가 왕녀 아니었어……?

: 시온 마마가 즐거워 보여서 다행이야.

이건 그거다. 서로 자유롭게 생각나는 대로 설정을 추가하다 보니까 수습이 안 되어 혼란에 빠지고, 그걸 기세로만 넘어가려 하니까 문자 그대로 카오스 공간이 만들어지는 거지.

이 두 사람이 사이가 좋은 건 기적에 가까운 밸런스로 성립되는 걸지도 몰라…….

그런 식으로 감탄하는 사이에도, 다행인지 불행인지 타이머는 점점 줄어든다.

『자, 잠깐만! 두 사람, 앞으로 30초밖에 안 남았어! 어떻게든 힘내서 마무리해!』

"어, 벌써 그렇게 지난 것입니까? 이, 이렇게 되면— 후하핫! 용사여, 싸우기 전에 한 가지 말해둘 것이 있다. 나는 사과의 힘이 없으면 안 죽는다고 했지만, 딱히 없어도 쓰러뜨릴 수 있다!"

"저기, 히카리도 한 가지 말해둘 게 있어! 히카리도 수많은 친구를 잃고 성검을 위해 왕녀님까지 죽인 것 같았지만 사실 그렇지 않았어! 우오오오— 간다아아아아! 받아라, 그냥 검 어택!!!"

"크아학!!"

『자, 이제 스톱! 타이머가 울렸으니까 종료야~!』

이 건 심 하 다 !

마치 다음 회에 황급히 연재 종료가 결정된 모 연재만화[#6] 같은 기세로 즉흥극은 막을 닫고 말았다.

『두 사람, 수고했어! 감상은 어때? 일단 히카리 쨩부터 들어보자.』

"마왕을 쓰러뜨렸으니까 후회는 없어!"

『그거면 되는 거니……? 다음은 아리스 쨩, 부탁해!』

"저를 쓰러뜨려도, 진정한 마왕 아와유키 공이 이 원통함을 풀어줄 겁니다!"

부탁이니까 나를 끌어들이지 마…….

#6 모 연재만화 만화 「개그만화 보기 좋은 날」에 나오는 작중 만화 「소드마스터 야마토」. 인기가 없어 갑자기 맞이하게 된 최종화를 3페이지 만에 끝내야 해 이야기가 급속도로 진행되는데, 여기서 나온 「녀석은 사천왕 중에서도 가장 약하지」나 본문의 대사 등이 다양하게 패러디되었다.

『그러면 이상으로 활기 콤비의 두 사람이었습니다~! 다들 박수!』

: 8888[#7] ¥8,888

: 3분 버텼으니까 장하다!(전부 긍정)

: 떡밥을 풀고 또 풀었지만 그걸 전혀 회수 안 하는 참신함. 이것이 감동이라는 건가!

자, 이걸로 두 팀이 끝났다. 그러면 나머지 참가 인원을 봤을 때, 다음은—.

『그럼, 아쉽지만 다음 콤비가 마지막 콤비야! 이 극한까지 달궈진 시점에서 마지막 뒤집기가 일어날 것인가? 히루네 네코마와 야마타니 카에루의「역전 콤비」등장이다~!』

"냐냐~앙! 기획에서 똥망 스토리 탄생의 예감을 느끼고 낮잠에서 기상한 네코마야~!"

"리스너 마마 여러분, 하우두 유두? 요즘 이 인사도 많이 썼다고 방송에서 말했더니『짙은 색으로 변한 인사를 하는 아기』라고 불려서 분개하는 카에루입니다."

응응. 아무래도 이 기획도 끝이 보이기 시작했어.

그건 그렇고, 뭐라고 할까. 마지막에 너무나도 공통점이 안 보이는 콤비가 나왔네. 나 스스로도 그렇고, 시청자들의 채팅을 봐도 의외란 반응이 많았다.

『두 사람, 고마워~! 내가 아는 한 네코마~랑 카에루 쨩

#7 8888 일본어로 숫자 8의 발음은「하치」이다. 일본어로 박수 소리인「파치」와 발음이 유사하기 때문에, 인터넷에서 박수 소리를 표현할 때 쓰인다.

은 첫 콜라보 아냐? 어떤 경위로 참가를 결정했는지 질문하고 싶네.』

우리랑 같은 생각을 했을 시온 마마가 대표로 질문을 해 주었다. 역시 기대를 배신하지 않는 걸로 정평이 난 시온 마마야.

“카에루가 먼저, 괜찮으면 팀을 짜자고 말을 걸어봤어요.”

“네코마~도 참가할 생각으로 콤비 상대를 찾고 있던 중이어서 즉시 OK 확정 연출이 떴어.”

『호오~, 그렇구나. 흐응~. 카에루 쨩이 먼저 물어봤단 말이지? 오호~ 오호~.』

“왜, 왜 싱글거리는 목소리를 내는 건가요? 불만 있으신가요?”

『아니~. 아와유키 쨩이랑 콜라보한 뒤로 사람이 변했구나~ 싶어서.』

“놀리는 건 스마트하지 않아요. 그러니까 시온 마마는 진정한 마마가 못 되는 거예요.”

『그, 그렇구나……. 마마의 탐구자로서 하나 또 알게 되네.』

네거티브 경향이 강했던 그 카에루 쨩이, 초면인 선배에게 스스로 콜라보를 권할 수 있게 되다니……! 이 마마, 기쁜 나머지 눈에서 스○○로가 스트롱 Good 해버려!

딸은 어느샌가 성장하는 법이구나. 나이는 내가 더 어리지만.

『그런데 이번 콤비 이름인 역전 콤비에는 어떤 유래가 있어?』

"그건 네코마~가 설명해준다~! 네코마는 보통 사람들과 정반대인 취향을 좋아하고, 카에루 쨩은 시간이 지나면서 유아퇴행이 진행되니까 역전 콤비인 거다!"

『그렇구나. 이번 즉흥극 순서는 완전히 랜덤으로 정한 거지만, 우연히도 마지막 차례니까 문자 그대로 역전 우승을 기대해볼게!』

: 카에루 쨩, 요즘 즐거워 보여서 안심했어.

: 내 말이.

: 진정한 마마가 술과 여자밖에 흥미가 없는 살아 숨 쉬는 주지육림이라니, 놀라운걸.

: 살아 숨 쉬는 주지육림은 어떻게 된 파워 워드냐?

: 그 숲, 술이랑 고기 때문에 냄새 날 것 같네.

: 설마 냄새 날 것 같다는 말이 VTuber에게 쓰이는 날이 올 줄은 몰랐어.

『그러면 대회의 각오와 상금의 용도를 보시죠! 짜자~안!』

이름: 히루네 네코마

대회에 대한 각오: 에드 우드가 된 기분으로☆

우승 상금 용도: 국내에는 먹을 게 별로 안 남은 것 같으니 아직 못 본 망겜을 찾아 해외로 떠나기 위한 여행비

이름: 야마타니 카에루

대회에 대한 각오: 아기니까 너그럽게 채점해 주세요

우승 상금 용도: 아기가 될 수 있는 꿈의 모바일 게임, 프린세스 컬렉트에 과금

: 돌겠다. 다들 자기 욕구에 너무 솔직해.

: 에드 우드가 누구야?

: 사상 최악의 영화감독이라고 불리며 수많은 작품을 남긴 위인이야.

: 글렀군…….

: 카에루 쨩, 프린컬렉 좋아하는구나.

: 프린컬렉의 영향으로 거유에 둥근 안경테 캐릭터를 보면 살의를 느끼게 됐다고 했으니까, 꽤 많이 하는 것 같아.

: 망할 안경녀, 용서 못 해!

: 플레이어의 눈앞에서 새로운 동료를 돌로 바꾸는 인간쓰레기[#8]……

: 나는 그 녀석을 사람이 아니라 메두사라고 생각해.

오프닝 토크가 끝나고 지금까지 한 것처럼 룰렛을 돌려 주제를 정하는 전개로 흘러갔는데, 여기서 꽤 재미있는 주제가 뽑혔다.

#8 새로운 동료를 돌로 바꾸는 인간쓰레기 모바일 게임 「프린세스 커넥트! Re:Dive」에 등장하는 길드관리협회 직원, 카린. 거유에 둥근 안경테를 끼고 있다. 플레이어가 캐릭터 뽑기를 할 때 「굉장한 동료가 와요~!」라며 카린이 종이를 들고 뛰어오는 연출이 나오는데, 이미 소지한 캐릭터를 뽑을 경우 돌(강화 재료)로 변해 유저들의 원성을 샀다.

『사죄 회견! 이번 주제는 사죄 회견이야!』

"어……."

"이건 뭐냥~!"

『후후훗. 이건 상당히 별난 걸 뽑아버린 걸지도 몰라! 기대되는걸, 기대되는걸!』

"어떡하죠? 네코마 선배, 사죄할 거 있어요?"

"없네."

"난처하네요, 카에루도 그래요. 첫걸음부터 큰일이네요."

『어째서 둘 다 즉시 자신을 완전 긍정할 수 있어? 자기가 성인(聖人)이라고 생각해? 네코마~에 이르러선 지금까지 잔뜩 나를 태클 거는 역할로 혹사시킨 것에 대한 사죄를 여기서 해야 하지 않을까?』

이건 마지막의 마지막까지 혼돈이군!

"뭐, 이대로 가만있어도 어쩔 수가 없으니까 카에루가 사죄하는 쪽을 할게요."

"오, 좋은걸! 그러면 네코마~가 추궁하는 기자 역할 할까냥~. 사죄 내용은 네코마~가 완벽하게 만들 테니까 안심하고 맡겨도 돼."

"기대할게요."

『각오는 된 모양이네? 그러면 3분간 사죄 회견, 준비~ 시작!』

"아~ 바쁜 와중에 이렇게 와주신 점, 진심으로 감사드립니다. 이제부터 야마타니 카에루 사죄 회견을 시작하겠습니다."

오오! 시작이 사죄 회견 같아! 분위기가 우러나는 게 느낌 좋은걸!

"이번에 이런 소동을 일으켜 사회에 혼란을 가져온 것을 무겁게 받아들이며, 일절 숨김없이 일의 경위를 설명하고자 합니다."

『감사합니다. 그러면 이제부터 질의응답에 들어가겠습니다. 그러면 짐승 소녀 기자분, 질문 부탁드립니다.』

"냐냐~앙! 라이브온 2기생 히루네 네코마가 질문한다! 이번에 야마타니 카에루 씨가 NLK의 인기 교육 방송「마마랑 함께」에서, 엑스트라인 유아들에 뒤섞여 녹화장에 침입. 그리고 방송 출연자인 노래 마마랑 체조 마마에게 입양 신청서를 들이밀고, 끝끝내 방송 카메라맨에게『너희들, 이거 찍고 있지?』라고 협박해 소동을 일으켰단 소문이 세상에 퍼지고 있는데, 이것은 모두 사실인가요?"

이건 글렀어! 가공의 해프닝이지만, 인간으로서 용서받을 수 있는 수준의 소동이 아냐!

그 장난 좋아하는 네코마 선배에게 사죄 내용을 맡긴 시점에서 카에루 쨩은 커다란 실수를 한 걸지도 모른다. 딱해라…….

"아, 그렇구나아. 네네…… 그렇구나, 그렇구나."

이것 봐! 카에루 짱도 「이 녀석, 저질러주셨겠다?」 같은 반응이잖아!

: 개꿀잼 파티다!

: 방송 사고 수준의 소동이 아니잖아. 이건 방송 사건이다!

: 카에루 짱의 목소리가 떨리는 게 이미 망했어.

: 속으로는 정말로 하고 싶을 것 같은데.

: 이건 어떻게 될지 신경 쓰여!

『그러면…… 다, 답변 부탁드립니다!』

그러나 여기서 멈추면 안 그래도 시간제한이 있는 극의 진행이 망가져 버린다— 한 번 심호흡을 한 뒤, 카에루 짱이 입을 열었다.

"어…… 네. 모두 사실입니다."

오우, 설마 전부 인정하는 루트를 고르다니. 역시 생각 외로 분위기를 잘 타는 여자, 카에루 짱이야!

"냐냐앙! 솔직한 대답 감사합니다! 그러면 소동을 일으키고자 생각한 경위를 물어봐도 될까요?"

"어…… 단도직입적으로 말씀드리자면, 위험하다고 생각했지만 유아퇴행욕구를 억누를 수 없었습니다."

요 녀석아!!!

"애당초 말이죠, 카에루는 몸은 어른이지만 내면에 잠든 뜨거운 소울은 아기랍니다. 그러니까 제 행위를 소동이라고 부르는 것은 참으로 유감입니다. 적어도 그때, 저는 동경하던 방송에 출연한 것으로 인한 흥분에 온갖 사고 수준이 아기 레벨까지 저하되어 있었습니다."

"그, 그렇구냥? 저기, 그러니까 카에루 씨는 자기를 아기라고 우기는 거군요? 실례지만 연령을 물어봐도 될까요?"

"연령 따위 그냥 숫자입니다, 나이 든 사람은 그걸 모른다니까요!"

"그 발언이 아기에게서 나올 리가 없잖아! 뭐어, 좋아요. 어~ 다음은 노래 마마랑 체조 마마에게 입양 신청서를 들이민 건입니다만, 이건 어떤 생각으로 행동한 건가요?"

"마마라고 할 거면, 내 마마가 돼라. 이상!"

"냐, 냐냥? 이, 이해할 수가 없어요!"

"당신은 모르겠죠!"

: 믿어지냐? 이거 사죄 회견이라는 게?

: 완전히 내려놓은 거 겁나 웃김ㅋㅋ

: 그렇군. 그러니까 「버겁지 않아, 그 칭호(마마)?」라는 거군요. ¥240

: 당신은 모르겠죠, 라고 하시는데 알고 싶지도 않아요.

: 잠시 195번 슈퍼챗 쏴서 300만 엔[#9] 보낼게요.

"그리고 저만 추궁당하는 건 이상하지 않나요? 그쪽의 네코마 기자에게도 갖가지 죄상이 있다는 걸 저는 알고 있

#9 195번 슈퍼챗 쏴서 300만 엔 일본의 전 정치인 노노무라 류타로는 2013년 한 해 정무활동비 300만 엔의 횡령 의혹에 대해 기자회견을 열었는데, 195회에 걸쳐 지출한 출장비에 대한 기자들의 질문에 기억나지 않는다고 답하다 격하게 울며 회견한 장면이 화제가 되었다.

어요!!"

"냥?"

"자! 얼른 처형대에 올라가라, 임마! 이번엔 내가 공격할 차례다!"

"냐냥?!"

"네 악행을 전부 드러내줄 테니까 각오해라, 짜샤아!!"

"냐냐냥?!?!"

"—어…… 기자인 야마타니 카에루입니다. 잘 부탁드립니다."

『오오옷! 이, 이 전개는 뭐지?! 여기까지 와서 피고와 기자가 선수 교대, 아니 포지션 체인지?! 두 사람의 관계가 순식간에 바뀌었다?! 남은 시간 1분에 대체 뭘 보여줄 것인가?!』

완전 바보들이잖아.

: ㄹㅇ 핵꿀잼

: 오호~ 사죄 회견은 스포츠였구나.

: 어느 쪽이 세간의 적의를 상대방에게 더 많이 던질 수 있는가를 겨루는 마인드 스포츠지.

: 일발역전(체인지 당했다)

: 그런가! 역전 콤비란 이름은 이것의 복선이었다는 거구나!

"그렇게 됐으니, 네코마 씨. 질문 괜찮을까요?"

"좋아요. 이게 인과응보란 거구나."

"어디 보자. 이번에 네코마 씨가 친구 세 명한테 야구를 하자고 했으면서 인류 사상 굴지의 야구 망겜— 통칭 다메이저[#10]를 플레이시킨 용의가 걸려 있습니다만, 틀림없나요?"

"그, 그건 딱히 괜찮잖아! 왜 네코마는 망겜을 시키기만 했는데 사죄 회견을 하게 되는 거야아!"

"시치미 떼지 마세요! 그 친구 중 한 명은 집요하게 투수에게 엉덩이를 들이밀면서 판정하는 주심[#11]의 모습을 보고 폭소하다 못해 웃다가 사망. 또 한 명은 야구부였는데도 게임에 너무나 큰 충격을 받아 야구라는 것이 뭔지 모르게 되어 입스[#12]가 발병. 마지막 한 명은 조금만 더 하면 게임이란 이름의 고행을 클리어할 수 있는 참에 게임이 다운돼서 정신붕괴. 세 명의 인생을 망쳐버린 벌을 받아주셔야지!"

"그 막대한 피해는 대체 뭐야! 네코마가 좋아하는 다메이저에게 사과해라!"

"그렇게 따지자면 원작을 좋아해서 얼마 안 되는 용돈을 털어 다메이저를 산 아이들에게 사과해라!"

어마어마한 템포로 난타전(?)을 전개하는 두 사람. 시온 마마가 진행에 끼어들 틈조차 없을 정도로 멈추지 않는 언

#10 다메이저 2008년 발매된 게임 「메이저 Wii 퍼펙트 클로저」의 별명. 만화 「메이저」를 원작으로 한 야구 게임인데, 게임성이 엉망인 데다가 온갖 버그가 난무하고 하드웨어인 Wii를 발열로 고장 내는 경우마저 있었다.

#11 투수에게 엉덩이를 들이밀면서 판정하는 주심 게임 「메이저 Wii 퍼펙트 클로저」의 수많은 버그 중 하나로, 타자와 주심이 투수를 등지고 서 있는 현상. 특히 타자는 배트를 허공에 휘두르나 공이 맞는 기이한 장면을 볼 수 있다.

#12 입스 YIPS. 골프, 야구 등 스포츠에서 긴장과 불안감에 근육이 경직되며 선수가 갑자기 움직임을 조절하지 못하게 되는 증상을 말한다.

어의 연쇄가 이어졌다.

이미 이 즉흥극을 보고 있는 우리들은 웃다 죽을 것 같은데…….

"바, 반박할 수 없는 정론이다냥! 그러나 지지 마라, 네코마! 괜찮아, 네코마는 혼자가 아냐! 턱이 갈라진 붉은 혜성[#13]! 쟈시[#14]라 불리는, 마작을 할 줄 아는 것처럼 보이지만 아니었던 녹색의 뭔지 모를 징그러운 녀석! 그리고 자기 키 높이에서도 추락사하는 탐험가[#15]! 그 밖에도 수많은 동료가 네코마를 지탱하고 있어!"

"제대로 된 동료가 한 명도 없잖아! 네가 사는 장소는 나ㅇ릭 지하대분뇨냐!"

"냐냥! 이거 한 방 먹었는걸! 상으로 사신상(邪神像)[#16]을 하나 줄게. 차크라 공중회전, 사신 못코스, 사신 세이벼 중에서 하나를 골라봐!"

"뭔지 하나도 모르겠지만, 받았다간 후회하겠다는 건 알

#13 턱이 갈라진 붉은 혜성 서양권 회사가 1996년에 제작한 게임 「GUNDAM 0079 The War For Earth」에 등장하는 샤아 아즈나블. 해당 게임은 배우를 기용해 캐릭터를 실사화했으나, 작중 인물들의 캐릭터성이 원작과 동떨어졌고 샤아의 배우가 묘하게 살이 쪄서 갈라진 턱이 도드라져 보이는 등 강한 인상을 남겼다.

#14 쟈시 다메이지와 어깨를 나란히 하는, 굴지의 망겜으로 평가받는 마작 게임 「쟝라인」에 등장하는 캐릭터. 정식 명칭은 불명. 외형이 묘하게 마리오 시리즈의 요시를 닮아 「쟝라인의 요시」, 「사악한 요시」란 뜻으로 쟈시라고 불린다.

#15 자기 키 높이에서도 추락사하는 탐험가 1985년에 제작된 게임 「스펠렁커」. 일본식 발음인 스페랑카로도 유명하다. 박쥐가 싼 똥에 맞거나, 자신 키 정도 되는 턱에서 뛰어내리면 사망하는 등 주인공이 워낙 잘 죽어서 유리몸의 대명사가 되었다.

#16 사신상 저주에 걸린 게 아닌가 싶을 정도로 조형이 망가진 캐릭터 피규어에 붙은 별명. 이어지는 사신상은 차례로 2010년 맥ㅇ날드에서 완구로 등장한 「NARUTO」의 우치하 사스케, 2004년 발매된 게임 「제노사가 에피소드 II」의 한정판 부록 KOS-MOS 피규어, 2006년 중국에서 불법으로 제작된 「Fate/Stay Night」의 세이버 피규어다.

겠다.”

『잠깐, 실례! 남은 시간이 별로 없으니까 이제 마무리를 해줘~.』

시간을 무시할 수는 없는지, 시온 마마가 결심하고 두 사람의 대화를 가로막으며 즉흥극의 마무리를 부탁했다.

“크…… 여기까지 오면 카에루랑 네코마 선배 둘이서 극을 끝내는 게 불가능해요. 이렇게 되면 어느 쪽이 제대로 사죄 회견을 했는지 제3자에게 판단을 부탁하는 수밖에 없지 않을까요?”

『어?』

“냐앙, 분명히 그러네. 그러면 시온한테 부탁하자.”

『저기이…….』

““자, 시온(선배). 사죄 회견을 잘 한 건 누~구?!””

『둘 다 사죄 회견에 대한 사죄 회견이 필요해!!』

시온 마마가 혼신의 힘을 다해 태클을 거는 것과 동시에 알람이 울리고, 너무나도 밀도가 높았던 3분이 종료되었다.

이걸로 마지막 콤비의 상황극이 종료됐다.

: 마무리를 진행자한테 떠넘기지 마ㅋㅋㅋ

: 폭풍 같은 3분이었다.

: 네코마~의 지식 양이 이상하잖아…….

: 자, 어느 콤비가 이길까……?

『그러면 감상을 들어볼까요? 카에루 쨩은 어땠어?』

"뭔가 잘 모르겠어요."

『당사자인데?!』

"하지만 즐거웠으니까 OK입니다!"

『그, 그래…… 네코마~는 어때?』

"방금 이거 뭐였어?"

『때려눕힌다?』

"냐냥?! 저기, 카에루 쨩이 맞춰준 덕분에 진행이 쉬웠어!"

『그거면 됐어. 그러면 일단 모두 모여보자.』

자! 드디어 두근두근 결과 발표 시간이다.

다들 통화를 연결한 상황이지만, 조용히 결과를 기다린다.

분명한 손맛은 있었지만, 어떨지…….

『그러면 우승을 발표합니다! 가장 분위기를 띄우고 기억에 남은 것은— 방송 사고 콤비 두 사람이다아아아!!!!』

""아…… 아싸아아아아!!""

갖가지 감정이 뒤섞인 자리에서, 환희의 목소리를 드높이는 나와 세이 님.

양손을 높이 들고 기쁨을 만끽하자 완전히 콜롬비아 포즈[#17]다.

#17 콜롬비아 포즈 2006년, 일본의 유명 퀴즈 방송에서 나온 장면. 출연자가 마지막 퀴즈에서 양손을 번쩍 들며 자신만만한 표정으로 문제의 정답인 「콜롬비아」를 외치고 우승했다. 이후 「콜롬비아 포즈」라고 불리며 다양하게 패러디되었다.

『역시 호흡이 제일 잘 맞은 게 컸을까? 대인기였던 모양이네.』

“지갑이 아주 빵빵하구만! 아자~! 다음에 다 같이 스테이크 먹으러 가자! 나랑 세이 님이 산다아아!!”

“그거 좋군. 참가하고 싶은 라이버는 세이 님에게 보고를 해줘. 물론 이 기획에 참가 안 했어도 괜찮아. 아예 라이브온 사원들도 괜찮으면 와줘. 다 같이 멋진 밤을 보내자.”

나랑 세이 님의 말에 아쉬워했던 모두가 일제히 환성을 질렀다.

좋아좋아좋아! 역시 다 함께 즐거운 게 제일이지!

『저기…… 두 사람 다 그래도 돼? 그 많은 사람들이 스테이크를 먹으면 상금이 얼마 안 남을 텐데……. 사고 싶은 것도 있잖아?』

“응? 고작 10만으로 욘토리를 살 수 있을 리 없잖아요. 시온 마마, 지치셨나요?”

『죽을 정도로 납득이 안 되는 대답이 돌아왔는데…….』

“처음부터 우승하면 다 같이 맛있는 거라도 먹으러 가자고 아와유키 군이랑 이야기를 했었어.”

『어, 그랬어? 그러면 처음부터 말을 하면 좋잖아! 성발, 농담 안 하면 숨을 못 쉬는 거야?』

후하하하하!! 다들 봤나! 이것이 2기생의 변태와 3기생 에이스의 실력이다아!!

처음으로 온 안건

라이브온 사무소 앞—.

"—좋았어!"

사무소라고 해도 라이브온의 사풍은 그렇게 딱딱하지 않다. 그래서 편한 마음으로 찾아올 수 있지만, 오늘은 평소처럼 스즈키 씨랑 회의를 위해 온 것이 아니다.

무려! 이번에 저, 코코로네 아와유키에게 모바일 게임 안건(홍보 의뢰)이 왔습니다!

첫 안건입니다, 첫 안건! 라이브온은 문제가 없어 보이는 안건이라면 받아들이는 편이지만, 나에겐 지금까지 안건이 영 오질 않았다.

그 방송 종료 깜빡 사건이 있기 전, 초창기의 나는 아무래도 영 눈에 안 띄는 존재였으니까. 안건이 오면 당연히 토크가 특기인 동기 마시롱이나 히카리 짱에게 집중됐다.

사건 뒤에는 인기가 문자 그대로 대폭발하여 정상 궤도에는 올랐지만…… 그게에…… 캐릭터가 말이지? 네, 짐작이 가시죠? 다들 국가 기밀을 비둘기한테 맡겨서 주고받지는 않잖아.

라이브온에서 특히 안건이 집중되는 사람들의 경향을

보면,

시온 선배 = 기획력과 안도감

마시롱 = 일러스트 관련 깊은 지식과 인지도

히카리 쨩 = 활기찬 리액션

에에라이 쨩 = 동물에 관한 깊은 지식

이렇게 제각각 납득이 가는 장점이 있다는 걸 알 수 있다. 이걸 말이지, 나한테 대입을 해보면 말이죠?

코코로네 아와유키 = 스ㅇㅇ로와 여자

어쩌라고? 대체 이런 거에 기업이 뭘 부탁하라고? 안 그래도 욘토리라는 특정 기업에 친화적인데도 불구하고, 그걸 『여자』라는 문자로 분쇄하는 스타일. 최고로 슈와슈와하다. 이 청량감은 장기로 따지자면 두 장기 말 사이에 다른 말을 길게 직선으로 늘어놓고 셱드립식 정신공격 포메이션을 짜 상대 진지에 돌격하는 거나 마찬가지다. 대전 상대는 도망치고, 앞으로 아무도 대국을 안 해주겠지. 모 천재의 반대말인 왕따 명인의 탄생이다.

그러니까, 이런 별종에게 자기들 기업의 자랑스러운 상품을 맡기기 어렵다는 것은 내가 제일 잘 알고 있는 겁니다.

그렇지만! 실제로 지금 이 나한테 안건이 왔단 말이죠! 내가 안건을 의뢰하기에 충분한 인재라고 인정받은 거야!

게다가! 사실은 그냥 안건이 아니다. 「의뢰 드린 게임 애플리케이션의 홍보 대사가 되어 주시겠어요?」라고 한다. 완전 VIP 대우!

왜 이렇게까지 밀어주는 건지는 솔직히 의문이지만, 오늘 안건 회의를 맞이한 나는 기합이 마구 들어가 있다!

나도 모르게 평소보다 큰 보폭으로 사무소에 들어가서, 회의에 쓰는 방을 물어보았다. 기업의 담당자가 이미 와 있는지, 내 매니저이며 같이 회의에 참석할 예정인 스즈키 씨랑 회의실에서 먼저 이야기를 하고 있다고 한다.

서둘러 회의실로 가서, 문을 노크했다.

"실례합니다! 늦어서 정말 죄송합니다!"

"아뇨아뇨. 이쪽이 너무 빨리 왔을 뿐이니까 괜찮아요. 아직 시간도 남았으니까요."

"안녕하세요, 유키 씨? 그렇게 당황 안 해도 돼요."

방에 들어가자 담당자인 여성분과 스즈키 씨가 웃어주었다. 일단 안심…….

그다음에 서로의 명함 교환을 하며 인사를 마치고, 드디어 안건 회의를 시작했다.

이번에 의뢰받은 게임 앱은, 간결하게 말하자면 갖가지 종류의 술을 의인화한 캐릭터가 아이돌이 되어 노력하는 내용이라고 한다. 타이틀은 『사케돌!』.

이 정보 자체는 사전에 알고 있었고, 오늘은 안건 방송을 어떤 내용으로 할 것인가에 대해 상담하는 게 메인이었다.

“그래서 말이죠. 카탓타에서 선전을 한 다음, 예정된 일시에 아와유키 씨가 실제로 게임을 플레이하는 방송을 해주시는 것으로 괜찮을까요?”

“네! 그래서 말이죠. 사실 방송에 대해서 봐주셨으면 하는 자료가 있어요…….”

“네?”

나는 담당자분과 스즈키 씨한테 서류 다발을 건넸다. 이건 내가 스스로 작성한 것이다. 이 안건에 얼마나 진심을 담아 하고 싶은지, 내 마음이 꾹꾹 담겨 있었다.

보라! 게임의 매력을 전하기 위해 완벽하게 적혀 있는, 한 치의 틈도 없는 이 방송 계획서를!

진행의 순서부터 해야 할 말까지, 그야말로 상세하게 1밀리미터의 틈도 없이 완벽하게 만들어 왔습니다! 물론 음주 따위는 말도 안 되지!

“자료에 더해서 말로도 설명할게요!”

이 시점에서 어안이 벙벙한 두 사람을 보니 기분이 좋아진다. 나는 블랙 기업 근무 시절에 극한으로 단련된 자랑스러운 프레젠테이션을 개시했다.

그 녀석들은 정말 신혼 가정에 개입하는 시어머니인가

싶을 정도로 트집을 잡아서 바보 취급을 한단 말이지. 예전에 사내 회의에서 한자가 딱 한 군데 틀린 걸 가지고 한 시간 동안 매도의 말을 쏟았을 때는 앞으로 자료를 전부 중국어로 적어버릴까도 생각했다. 적을 줄 모르지만.

결국, 적당한 핑계를 대서 평소에 쌓인 울분을 발산하고 싶을 뿐이다. 그리고 그것이 새로운 울분을 쌓아 사내 전체가 검게 응어리진다— 그것이 블랙 기업.

뭐, 오늘은 그 경험이 빛을 발하겠지만. 어때? 이 결점을 아무리 찾으려고 해도 찾을 수 없는 지고의 프레젠테이션이!

"—이런 흐름으로 계획하고 있어요. 어떤가요?"

우아하게 프레젠테이션을 마치자, 눈을 깜박이는 것도 잊고 나를 바라보는 두 사람. 후하하핫! 이건 완전히 흐름을 휘어잡았다!

분명 이 안건 방송이 대성공했다는 소문이 관련 업계에 쫙 퍼져서, 이윽고 내 곁으로 매일같이 안건이 날아오는 비즈니스계 VTuber의 길도 개척해버리는 겁니다!

어이쿠, 당연하지만 안건이 아닌 평소의 방송도 잘 해야지! 이제부터 바빠질 거야~! 아하하하하하하하하!!

"""저기……."""

"네에!"

자자! 박수갈채가 옵니다, 여러분! 새된 환성과 함께 나를 숭배하는 미래가 나한테는 확실하게 보인다!

""이거……. ""

"네. 네!"

""전부 기각입니다. ""

"어째서야아아아아아아아아—!!!!"

응. 인정하고 싶지 않아서 전력으로 눈길을 돌리고 있었지만, 어쩐지 중간부터 이렇게 되지 않을까 하는 생각이 들었어…….

"어째서?! 이렇게 때려 박았으니까 일부라면 모를까, 전부는 아니잖아요?!"

"아아아, 그게 말이죠……."

"유키 씨. 이건 제가 전달을 좀 잘못한 것 같아요. 정말로 죄송합니다. 사실 이 안건은 유키 씨 안의 슈와 쨩에게 온 안건이에요."

"네?"

참으로 이유를 말하기 어려워 보이는 담당자분 대신 스즈키 씨가 사정을 설명했다.

"설마 자료까지 제작해 오실 줄은 몰랐어요……. 열정을 받아주지 못해서 죄송해요."

"아니, 그건 뭐……. 저도 『이걸 서프라이즈로 만들어 왔어요! 굉장하죠!』라는 어필을 하고 싶어서 입 다물고 있었으니까, 오히려 이쪽이야말로 죄송한데요…….”

“어머나~. 아와유키 씨는 방송이 아니라도 귀여운 분이네요!”

“뭘 혼자서 흐뭇해하고 있냐?”

“유키 씨, 워~ 워~. 이거 안건이에요.”

헉! 이럼 안 되지. 감정이 너무 끓어올라 반응이 방송 때처럼 되어 버렸다.

담당자도 사람이니까, 라이브온의 라이버들을 대할 때와 같은 식으로 대하면 기겁해버릴 거야. 진정해, 진정해~.

“이야기를 안건으로 되돌려서……. 왜 슈와인데요? 스스로 말하는 것도 그렇지만, 방송 사고가 날걸요?”

“어머나~, 방송 사고 범행 예고라니 참신하네요. 후후훗!”

“뭐가 그렇게 웃기냐?”

“유키 씨, 앉아.”

이 담당자는 대체 뭐지? 왜 당황하지 않지? 슈와에게 안건을 맡기는 게 얼마나 위험한지 모르는 건가?

“이유를 설명해주세요! 저도 이만큼 진심이었으니까, 정당한 이유가 없으면 납득을 못해요!”

“이유인가요? 그야 물론!”

“물론?”

“—재미있을 것 같으니까요!”

“뇌의 활동이 서비스 종료했네요.”

"유키 씨, 손."

아아, 점점 머리가 아파지기 시작했어……. 하지만 동시에 이해되기 시작했다. 왜 이 사람이 하필이면 나한테 안건을 의뢰했는가.

—만드는 게임만 그런 게 아니라 사원까지 술에 푹 잠긴 타입의 회사구나! 애주가와 애주가는 서로 이끌린다는 거지!

"정확하게 말하면 술이 소재라는 것이 슈와 쨩과 딱 맞고, 또 재미있을 거라고 믿고 있으니까요!"

"그야 확실히 재미있어질지도 모르죠. 대신 앱의 홍보가 희생될 거라 생각하는데요."

"어머나~. 그렇게 말씀을 하셔도…… 슈와 쨩은 분명히 파격적이지만, 결국 한 번 하겠다고 결정한 건 제대로 하잖아요."

"파격적이란 시점에서 안건으로서는 OUT이라고 생각하는데요……. 계획성은커녕 아무것도 없는 방송이 될걸요?"

"슈와 쨩이 게임을 즐겁게 하는 모습이 가장 큰 선전이 될 거라고 생각해요. 플레이 방식도 어떻게 할 건지 마음대로 하셔도 괜찮아요!"

"뭔가 그럴듯한 말씀을 하시지만…… 맘에 안 드는 점을 발견하면 말해도 몰라요?"

"마음껏 하세요! 이쪽도 좋은 게임을 만들었다는 자신이 있으니까, 얼마든지요!"

"으음……."

어떡하지? 정말로 슈와의 방송을 바라는 모양인데…….

하는 거야? 나 진짜 해버린다? 술에 취해서 안건 방송이라니, 그런 게 용납이 되는 거야?

"유키 씨. 저는 이번 안건, 괜찮을 거라고 생각합니다."

"스즈키 씨……."

옆에서 보다 못한 스즈키 씨도 고민하는 나를 설득을 시작했다.

"유키 씨가 도착하기 전까지 이 분과 둘이서 이야기를 했습니다만…… 이 분, 코코로네 아와유키 찐팬입니다."

"네?"

"네! 저는 아와유키 씨의 팬이고, 사내에서도 대인기예요! 애초에 그러니까 의뢰를 한 거죠! 인지도가 있으니까 일단 부탁은 해보자는 생각은 전혀 없어요. 아와유키 씨한테 맡기고 싶어서 부탁하는 겁니다!"

"어어엇, 진짜로요……?"

농담이 아니라 진짜 엄청난 회사였네…….

"매니저인 저도 맡겨도 되겠다고 생각했으니까 유키 씨한테 이야기를 한 거고요."

"그렇겠죠……."

응. 두 사람이 이렇게 말을 해주니까, 그냥 생각 없이 하는 말이 아니라면 도전을 해보는 것도 괜찮을까?

인생은 무슨 일이 일어날지 모른다는 걸 내가 제일 잘 알고 있으니 말이야!

"아, 안건을 받아주신다면 감사의 마음도 겸해서 나중에 방송 소품으로 스○○로 세트를 보내 드릴게요!"

"할게요."

"칼 같은 즉답! 지금까지의 스토리를 0으로 돌려버리진 말아주세요. 스○○로 아니랄까봐."

"뭔 말 하는 거냐?"

"유키 씨, 자해해라."

"강아지 훈련에서 갑자기 레벨이 너무 올라갔는데요?!"

"어머나~."

그리하여 며칠 뒤—.

"여러분, 안녕하세요? 어~ 오늘은 말이죠. 놀랍게도 저한테 모바일 게임 안건이 와서 말이죠. 그걸 아주 진지하게, 성심성의껏 방송을 해야겠다고 생각합니다(푸슉!)."

: 첫마디부터 모순된다고!

: 말투는 성실한데 아무런 주저도 없이 손에 든 캔을 푸슉하는 거 어이없음ㅋㅋ

: 푸슉하다(동사)

: 성대 조종당하고 있는 거 아닌가요?

: 손이 아니라 성대를 의심하는 거냐고ㅋㅋ

: 어, 마시는 거야? 안건인데? 진짜로?

: 아무리 그래도 그냥 하는 말이겠지ㅋ

"꿀꺽, 꿀꺽, 꿀꺽, 푸하아아아아아!! 안건 날에 마시는 술은 최고구나아아아아아!!"

: 개꿀잼

: 너무나 주옥 같은 명언인데.

: 어어어…….

: 코스프레 플레이하는 거 그만 두시죠?

: 특수한 상황에서 스○○로 빠는 걸 코스프레 플레이라고 하는 거 그만 두시죠?

: 진짜로 마셨잖아…….

: 이거 괜찮은 거냐ㅋㅋㅋ

"아, 그게 말이죠. 다들 들어봐요! 나도 안건 방송에서 술을 마실 정도로 세상을 깔보진 않아요! 여기에는 깊은 사정이 있다고!"

시작부터 여러 가지 의미로 분위기가 끓어오르는 리스너들에게, 나는 회의 때 무슨 일이 있었는지 설명했다.

: 좋은 소식) 게임 회사도 슈와슈와하다.

: 도쿄 증권거래소 – 196부 상장 기업

: 상장은커녕 푹 가라앉았는데 말이지~.

: 뭐, 평범한 회사는 슈와 쨩한테 부탁하려고 생각 안 하겠지 ㄹㅇㅋㅋ

: 하지만 세세한 설명만 하는 것보다 즐겁게 플레이하는 게 선전 효과가 있을 것 같다는 건 이해돼.

: 칭찬을 받고 싶은 아와 쨩, 귀엽다.

"그래서 말이죠. 계획성 문제 이전에 아예 안건이란 걸 완전 무시하고, 하고 싶은 대로 해버릴까 생각한 거지! 어떻게 되든 난 몰라! 잘 봐둬라, 게임 운영사들! 메롱~ 약오르지~ 까꿍~!"

: 전대미문 넘버원이잖아ㅋㅋㅋ

: 메롱약오르지까꿍을 실제로 말하는 녀석, 처음 봤어.

: 보아하니 취기가 돌기 시작했군…….

그래서 이 「사케돌!」이라는 게임의 내용을 요약하자면— 술이 의인화한 캐릭터와 토지[#18](일본주 말고도 나오지만 신경 쓰면 지는 거다)가 된 플레이어가 절차탁마하여, 세계 제일의 사케돌을 정하는 콘테스트에 출장하여 우승을 노리는 스토리이다.

게임을 시작하자, 세계관 설명을 겸한 튜토리얼 화면이 흐른다. 흠흠. 지금까지는 그렇게 특이한 요소는 없네.

자, 여기서부터 모바일 게임의 전통인 가챠 타임이다. 이른바 과금 재료인 「돌」을 써서 뽑는 것도 기본적인 모바

#18 토지 杜氏. 전통 일본주를 만드는 기술자.

일 게임을 따라하고 있었다.

"어디 보자~. 이 게임은 이미 정식 서비스 중인 모양인데요, 이번에는 안건용 데이터를 받아왔어요. 어느 정도 가챠용 돌이 있는 상태의 데이터로 진행하게 되었으니 양해해 주세요."

: 오케이.

: 뭐야, 폭사할 일은 없겠네…….

: 과연 그럴까?

"좋았어! 그러면 첫 10연차 가봅시다! 노리는 건 오로지 스○○로! 나는 스○○로를 세계 제일의 술로 만들겠어!"

화사한 연출과 함께, 술의 이름이 붙은 캐릭터가 하나씩 등장한다.

오오…… 캐릭터 디자인, 제법 정성스럽네……. 2D 모델인데 엄청 부드럽게 움직이고, 성우도 일류. 이 시점에서 기합이 들어간 걸 알 수 있다.

나는 감탄하면서 스○○로 짱의 등장을 바라며 화면을 바라보고 있었다. 그러나 네 번째 캐릭터가 등장했을 때, 무심코 눈을 부릅뜨고 놀란 소리를 흘리고 말았다.

"이 녀석은, 설마— 수컷……이라고? 어째서 이런 곳에 수컷이 있지?! 말도 안 돼?! ……설마, AV의 남배우 포지션인가? 아냐, 그렇다 쳐도 얼굴이 너무 좋아…… 너무나 미형인 남자는 비판을 받을 텐데……."

: 리액션이 예상외라 빵 터짐ㅋㅋ

: 인간 남자를 수컷이라고 하지 마…… 아니, 술이니까 세이프인가?

: 아마조네스냐?

: AV 남배우ㅋㅋ 이거 야겜이었냐고ㅋㅋ

: 역시 이 녀석은 남녀비율이 망가진 정조 역전 세계의 주민이었던 거야.

: 뭐, 남자 아이돌도 평범하게 존재하니까.

"그, 그렇구나. 남자 아이돌이 구현되어 있어도 이상할 건 없지…… 내가 여자가 아닌 성별을 원할 리 없으니까, 멋대로 남자는 없을 거라고 생각했어……."

마음을 다시 가다듬고, 가챠 화면을 바라봤다.

이 게임은 캐릭터의 레어도가 별 한 개(1성)부터 별 세 개(3성)까지 있으며, 이야기를 들어보니 한 종류의 술에도 여러 레어도가 있는 모양이다. 예를 들어서 맥주라는 캐릭터가 있다면 1성부터 3성까지의 맥주가 전부 존재하지만, 성능이나 일러스트, 의상 등이 다르다.

첫 10연이 끝났다.

"3성 캐릭터는 없나……. 하지만 딱히 상관없어! 내가 노리는 건 3성 스○○로 쨩뿐이니까! 나올 때까지 계속 돌린다!"

: 슈와 쨩…….

: 스○○로 쨩은…….

: 힌트. 이 게임에 브랜드 상품 캐릭터는 아직 등장하지 않았다.

그 다음에도 하나만 노리고 하염없이 가챠를 뽑았다. 3성 캐릭터도 몇 명 뽑았지만, 어째서인지 스○○로 쨩의 모습은 코빼기도 안 보였다.

"—어째서 안 나오는 거야아아아!!"

그렇게 마지막 10연도, 3성 캐릭터조차 못 뽑고 허망하게 폭사해 버렸다.

"이상해……. 이거 완전 이상해……. 나는 그녀에게 누구보다도 애정을 쏟았는데……."

왜? 어째서? 어째서……?

"……그렇군. 드디어 알았어. 스○○로 짱, 너는 내 사랑을 시험하는 거구나. 그러니까 과금할게요."

: ?!

: 슈와 쨩이 얀데레 속성을 획득해 버렸다…….

: 알코올 의존증인가?

: 엥? 이거 안건 방송 맞지?

: 자기 돈 쓰면서 일하는, 사축의 끝판왕…….

"어라, 과금 버튼을 누를 수가 없는데?! 어째서?! 나는 스○○로 짱한테 사랑을 전해야 하는데에에!!"

몇 번을 눌러도, 시험 삼아 화면을 껐다가 다시 켜 봐도 어째서인지 과금 버튼이 반응해주지 않는다.

이렇게 되면…….

"—게임 운영사랑 담판을 지을게요."

: ?!

: 얘는 안건 방송인데 어째서 클레임을 넣는 거야?

: 한 바퀴 돌아서 천재임에 분명.

『네, 여보세요!』

"아, 담당자분인가요? 아와유키입니다."

『네. 그건 아주 잘 알고 있어요. 왜냐하면 방송 보고 있었는걸요. 뭣하면 아와유키 씨의 목소리는 지금도 방송에서 들린답니다~. 충격적인 전개에 너무 놀란 나머지 반대로 냉정해졌습니다.』

“그러면 마침 잘 됐네요. 과금하게 해주세요.”

『저기 말이죠, 아와유키 씨. 이건 안건용 데이터라서, 시간이 지나면 데이터가 사라져 버린단 말이죠~. 그래서 과금은 못 하게 되어 있어요.』

“그러면 새로운 안건용 데이터 주세요.”

『네에엣?!』

“못 주시나요?”

『아니 저기, 못 하는 건 아니지만요.』

“그럼 부탁드릴게요. 지금 당장.”

『지, 지금 말인가요?』

“어, 못 하시는 건가요? 하실 수 있죠? 방금 못 하는 건 아니라고 했었죠? 그러면 하실 수 있죠?”

『아와유키 씨한테서 터무니없는 압박감을 느낍니다!』

: 운영자, 당황을 금치 못 하다!

: 안건 데이터를 리세마라[#19]하다니, 너무 참신한데ㅋㅋ

: 효율 엄청 좋은데? 선택받은 자밖에 못 하겠지만.

: 압박감 ㄱㅅ합니다.

“나는 어떻게든 스ㅇㅇ로 짱에게 사랑을 전해야 한단 말이야! 그러니까 빨리 돌을, 돌을 나에게……!”

『저기~. ……아와유키 씨?』

#19 리세마라 주로 게임에서 쓰이는 일본식 표현인 「리셋 마라톤」의 줄임말. 처음부터 원하는 캐릭터나 장비를 얻기 위해 게임의 설치, 삭제를 반복하는 행위를 말한다.

"네?"

『저어…… 대단히 말씀드리기 어렵습니다만~, 그게에~.』

"제 기획서를 전부 기각한 사람이 지금 와서 뭔가요! 이제 뭐든지 말해주세요!"

『그렇네요…… 저기, 그 정도 열의에 찬물을 끼얹는 건 대단히 죄송합니다만…… 이 게임에 스○○로란 캐릭터는 없어요.』

"뭐?"

『당연히 권리문제가 여러모로 얽혀있어서요. 스○○로뿐 아니라, 특정 브랜드 상품 캐릭터는 아직 구현되지 않았어요…….』

"………………………."

내 머릿속은 얼어붙어, 몇 초 동안 정적의 시간이 흘렀다.

"어? 그러면 스○○로 짱을 만날 수가 없다는 건가요? 아무리 노력해서 가챠를 돌려도, 이 사랑은 절대 닿지 않는다?"

『네…….』

……뭐?

"뭐야, 그게. 망겜이잖아."

: 슈와 쨔아아아아앙—?!?!

: ㅋㅋㅋㅋ

: 이노오오오오오오옴—!!!!

: 안건에서 절대 하면 안 되는 말을 해버렸다ㅋㅋㅋ

: 사고 안건ㅋㅋ

: 어떤 순간조차 방송 사고로 만들어버리는 여자.

: 방송 사고의 의인화.

: Virtual 자해공갈단.

: 운영자 쪽 목소리는 안 들리지만 대화 내용을 쉽게 짐작 할 수 있어서 웃김ㅋㅋ

『지, 진정하세요. 아와유키 씨! 이 게임에는「레몬 츄하이」짱이 있어요!』

"시끄러워, 입 다물어! 스○○로 짱은 유일무이하거든! 그런 어중이떠중이랑 같이 취급하다니, 실례잖아!"

『아니에요! 이 게임은 술에 이름을 붙일 수가 있고, 더욱이 강화를 어떻게 하느냐로 성능이 바뀌어요!』

"……호오?"

『다시 말해서, 별 셋의 레몬 츄하이 짱에게 스○○로라고 이름을 붙이고, 독창적인 방향으로 성장시킨다면 아와유키 씨의 노력에 따라 스○○로 짱을 만들어낼 수 있을지도 모릅니다!』

"뭐, 뭐라고!!"

한순간 밑바닥에 가라앉아 칠흑 같은 어둠에 빠진 마음에, 다시 빛이 들어왔다.

"갓겜이잖아!"

『어머나~. 게임의 평가 기준에 심각한 버그가 발생했나 보네요.』

"그렇다면 당장 3성 레몬 츄하이를 뽑아야죠! 과금을 못 하니까 어서 새로운 안건 데이터를 주세요!"

『그건 정말로 요구하시는군요……. 별 두 개짜리 레몬 츄하이는 뽑으셨죠? 그걸로는 안 되나요?』

"스○○로 쨩은 최고 레어도 말고는 있을 수 없다고 고사기[#20]에도 적혀 있잖아요? 불경죄로 처형해버립니다?"

『그건 아마 고사기가 아니라 오자(誤字)기일 것 같네요~.』

그러고 나서 안건용 계정 데이터를 새로 받았기에, 무슨 일이 있었는지 시청자들에게 설명하면서 가챠가 가능한 곳까지 처음부터 게임을 다시 진행했다.

"으랏차! 운영자님 덕분에 다시 한번 가챠를 뽑을 수 있게 됐으니까 리트라이한드아~! 노리는 건 3성 레몬 츄하이 쨩! 내가 조교해서 훌륭한 스○○로 쨩으로 키울 거야!"

: 의뢰주에게 「시끄러워, 입 다물어!」는 너무해ㅋㅋ 실례되는 건 너잖아ㅋㅋㅋ

: 레몬 츄하이 쨩, 도망쳐!

: 고사기 「스○○로 쨩은 최고 레어도 말고는 있을 수 없다」

: 야타의 거울, 쿠사나기의 검, 야사카니의 곡옥, 스○○로.

: 위화감이 없군.

#20 고사기 고지키(古事記). 일본의 신화와 구전, 천황의 계보와 역사를 기록한 옛 문헌이다.

: 감각이 돌아가신 것 같은데요?

: 오파츠 취급은 그만 둬.

: 빤스 그만? 당신, 노팬티주의자야?

: 텍스트를 잘못 듣는 녀석은 살면서 처음 봤어.

: 슈와 짱, 스○○로노미코토 설.

: 실존하지 않는 녀석에게 설이고 나발이고 없어…….

나는 의기양양하게 가챠의 바다로 다시 뛰어들었다. 그러나 역시 별 세 개인 캐릭터가 나오는 것만 해도 쉽지 않은 일인데, 수많은 캐릭터 가운데 단 한 명을 노리는 건 그리 간단하지 않았다.

결국, 순식간에 돌이 사라져 두 번째 도전도 헛수고로 끝나 버렸다.

"잠깐 전화할게요……."

『네, 여보세요?』

"앙코~르! 앙코~르!"

『어머나~. 이젠 쿨하게 요청하시는군요…….』

또다시 안건 데이터 리세마라로 돌을 보충하고, 가챠에 도전했다.

그러나 이번에도 실패! 스○○로 짱에는 닿지 않았다!

"잠깐 전화할게요……."

『네, 여보세요?』

"알코~올! 알코~올!"

『어머나~. 지금 알코올이 필요한 건 이쪽인데요~.』

이후로도 여러 번 리벤지를 거듭했지만, 순수하게 운이 없었던 탓에 데이터의 시체와 시간만 쌓여갔다.

이 정도 뽑으면 슬슬 나와도 전혀 이상하지 않은데 말이야아…….

이 게임의 리세마라는 튜토리얼의 구조 때문에 한 바퀴에 시간이 그럭저럭 걸린다. 처음에는 신경 안 썼지만, 전혀 진전이 없는 가챠 화면이 루프되는 상황에 스트리머로서 점점 조바심이 나고 말았다.

물론 안건으로 이런 짓을 하는 시점에서 이미 늦었다고 생각하는 사람도 있을 거고, 그건 아마 찍소리도 못할 정론이지만— 나로서는 방송의 재미만큼은 무슨 일이 있어도 지키고 싶단 말이지.

안건 리세마라라는 행위도 처음에는 임팩트가 있어서 재미있었지만, 기본적으로 같은 화면이 반복되고 있어 이제 리스너들도 질리기 시작했을 거야. 이쯤 되면 나랑 마찬가지로 스○○로 짱을 뽑는 장면을 기대하는 리스너도 많겠지만, 너무 질질 끄는 것도 좀 그렇다.

안건으로서 가챠 뿐 아니라 게임 내용도 보여줘야 하고, 그걸 생각하면 시간상 이번 데이터가 마지막이리라…… 방송은 21시부터 시작했으니까, 사람이 줄어드는 심야에 들어서는 건 안건을 맡은 입장으로도 죄송한 기분이 든다.

“큭, 안 되나…… 이번에도 망한 건가! ……아!”

그러나 마지막 데이터라고 해도 운명력 따위가 작동하진 않는다. 스○○로 쨩에게 닿지 못한 채, 허망하게 돌만 사라진다.

절망감에 얻어터지다, 마침내 돌은 최후의 10연어치만 남았고…….

“호아아아아아아아아아?!?!”

이럴 수가! 여기서 3성 캐릭터의 확정 연출이라니!!

“왔다! 마지막의 마지막에 완전히 흐름이 바뀌었어! 스○○로 쨩은 엔터테이너니까, 역시 자기가 나올 때를 아는 거야!”

: ?!

: 떠…… 떴냐?!

: 나, 스○○로 쨩을 뽑으면 결혼할 거야.

: 이겼군. 이 땅을 파고 석유왕이 되어 돌아오마.

: 일제히 플래그 마구 세우는 거 실화냐고ㅋㅋ

“자아아~ 어서 오려엄, 스○○로쨔아아아아아아아아……아아?”

『흐응~. 네가 내 토지야? 뭐, 나쁘진 않겠어.』

빛나는 연출과 함께 등장한 인물은— 은발의 숏컷과 보이시한 분위기가 매력적인 미소녀, 화이트와인 쨩이었다.

난 잠시 멍하니 화이트와인 쨩을 바라보고 말았다.

아니, 분명히 스○○로 짱이 나오지 않은 건 쇼크다. 다른 캐릭터가 나왔으면 울부짖으면서 몸부림쳤을 거라고 스스로도 생각하지만, 이 캐릭터는…….

"좋아…… 엄청 좋아…… 마시롱을 닮았어……."

전에도 2성 이하 등급으로 몇 번인가 나왔던 것 같은데, 후드를 쓰고 있어서 얼굴은 제대로 못 봤었다. 그러나 얼굴을 확실하게 드러낸 3성 등급으로 캐릭터를 다시 보니, 모습과 성격 모두 마시롱과 꽤 닮아서 내 성적 취향의 한가운데 스트라이크다.

완승과 참패 중 하나밖에 상상하지 못했는데, 이 전개는 당황스럽네……. 나는 대체 어떻게 해야 할까?

일단 가챠 화면을 닫고, 게임의 홈 화면에 화이트와인 짱의 전신을 표시했다. 이 부분도 열심히 만들었는지, 몸을 터치하자 부위에 맞추어 반응을 보이고 대사도 말해준다. 귀여워.

"우후후, 드후후후, 우효—! (´ ω`)."

: 너무 징그러워서 뿜었음ㅋㅋ

: 기겁했다…….

: 그런 소리는 대체 어디서 나오는 거야?

: 좀 더 엉덩이에서 목소리를 내!

: ↑ 이 형씨는 자기가 이상하다는 걸 깨닫길.

어딘가 냉랭한 반응을 보이는 보이시한 화이트와인 짱의

머리나 소프트한 부분을 만지며, 스ㅇㅇ로 쨩을 만나지 못한 상처를 달래다 보니 점점 텐션이 돌아왔다.

—그때였다.

채팅 하나가 나의 시선에 빨려 들어왔다.

: 화이트와인 쨩은 남자라네.

———뭐?

"어? 방금 그 채팅, 진짜야? 엥? 애 남자야? 어, 세상에 그럴 수 있어? 이렇게 귀여운 애가 남자애라면, 나는 아랫도리 이도류의 양성구유(兩性具有)가 돼버릴지도 몰라!"

: 어?

: 남자였구나…….

: 낭자애(오토코노코)라는 거군. 심지어 노리지도 않은 천연 캐릭터라니.

: 물 흐르듯 터무니없는 말 좀 하지 마.

: 구슬이 두 개 있으니까, 막대가 두 개 있어도 이상할 거 없잖아?

: 네 사타구니는 미야모토 무사시냐?

나는 황급히 화면을 화이트와인 쨩의 캐릭터 세부 사항으로 전환했다.

……정말이다. 성별 탭에 ♂ 마크야. 틀림없어, 앤 남자야!

"호오~. ……그럼 애는 이런 외모면서 달려 있다는 거구나……. 흐응~.”

……콕콕.

『히얏?! 어딜 만지는 거야!』

: 사타구니 만지지 마ㅋㅋㅋ

: 아니야. 이건 어디까지나 성별을 속인 게 아닌지 확인하기 위한 수단이지, 딱히 다른 뜻 따위는 있는 게 아니고 말이죠.

: 볼○ 대령[#21]처럼 확인하네.

콕콕…… 콕콕…… 콕콕…….

: 몇 번을 하는 거야ㅋㅋㅋ

: 말없이 사타구니를 마구 만지는 거, 무서워…….

: 다들 이거 안건 방송이라는 걸 까먹은 게 분명해.

: 언제까지 만지는 거냐고ㅋㅋ

콕콕…… 콕콕…… 콕콕…… 콕콕…….

: 어이, 이 녀석 위험해! 만지기 시작한지 벌써 10분 넘었다!

: 안건 방송에서 말없이 계속 남캐 사타구니를 만져대는 라이버가 있다는 게 실화?

: 너희들 최애잖아. 어떻게 좀 해봐!

: 이거 슬슬 화이트와인 쨩도 가버리겠네.

: 화이트와인 쨩의 화이트와인을 마시고 싶다.

#21 볼○ 대령 게임 「메탈기어 솔리드」 시리즈에 등장하는 양성애자 캐릭터, 볼긴 대령. 주인공 스네이크가 볼긴 대령의 동성 연인으로 변장하여 잠입했을 때, 사타구니를 만져 성기의 크기 차이로 변장을 간파했다.

: 봐선 안 되는 채팅을 본 것 같은데……?

"—응! 결론을 내렸어요!"

잠시 동안 이 화이트와인 쨩의 존재가 나에게 가능한지 불가능한지 머릿속에서 의논이 열렸는데, 마침내 생각이 정리됐다.

"이 정도로 귀여우면 달려 있는 게 이득!"

오토코노코
낭자애, 완전 가능이야!

: 꿀잼이 범람!

: 뭘 좀 배우신 분이네.

: 아싸! 여장 계곡 사올게요.

: 이렇게 귀여운 애가 여자애일 리가 없어.

: 이 방송 채팅창엔 강자가 너무 많아…….

"아니아니, 더 심플하게 생각을 해보시라고. 기본 성능이 같은 무기가 두 개 있다 치고, 한쪽에 속성 부여가 되어 있으면 당연히 속성이 붙은 쪽을 고르잖아? 그런 거야."

: 논파 끝. 수고요.

: 달려 있는 대신에, 없는 것도 있지 않나요……?

: 뭐, 남자도 임신할 수 있으니까.

: ?!

: 요전에 읽은 낭자애 동인지에서 아저씨가 진심 피스톤

으로 엉덩이 안에 자궁을 만들었으니까 틀림없어.

: ?!?!

: 상상도 못 한 이야기라 어이없음ㅋㅋ

: 피스톤 방식을 연구해서 엉덩이 안을 자궁의 형태로 바꾸더라고.

: 천재다.

: 테크니션도 정도가 있지…….

: 이 정도로 모든 것이 이상하다고 생각되는 이야기도 드문데.

: 동인지에서 배운 걸 틀림없다고 말하는 순수함이 맘에 들어.

: 보건 체육 교과서니까 어쩔 수 없지.

"흐헤헤헤…… 귀엽구나아, 화이트와인 쨩…… 암컷타락 시키고 싶어…… 다음에 리얼 마시롱을 암컷타락 시켜야지."

: 이거 안건(이하 생략)

〈이로도리 마시로〉: 나는 이미 암컷인데.

"마시롱?!"

: 오오오오오오오오?!

: 마시롱, 그 발언은 조금 위험하지 않아……?

: 속보) 이로도리 마시로 씨, 자기가 암컷임을 인정하다.

: 역시 이미 맺어졌던 거군.

: 살아있길 잘했어.

〈이로도리 마시로〉: 아니, 이건 내가 원래부터 여자라는 의미고

: 마시롱, 지금 얼굴이 새빨개졌을 것 같아.

: 승천합니다ㅂㅂ.

: (파괴력이) 너무 크잖아…….

: 암컷 마시롱!

〈이로도리 마시로〉: 안건에서 사고 치지 않을까 걱정돼서 와 봤는데, 이미 늦은 것 같으니 돌아갈게요.

: 키마시타와~.

: 아~, 아앗~,,,, 아아~.

: 너무 기뻐하다가 어휘력 상실ㅋㅋ

: 스ㅇㅇ로 쨩은 잊은 거야, 슈와 쨩?!

"헉?!"

그, 그렇지! 스ㅇㅇ로 쨩! 화이트와인 쨩의 귀여움과 마시롱의 암컷 발언에 정신이 팔리고 말았지만, 원래 내가 이렇게 열심히 가챠를 돌린 건 오로지 한 명— 사랑스러운 스ㅇㅇ로 쨩을 위해서였잖아?!

하지만 벌써 예정 시간이 어마어마하게 늘어져 있다……. 템포를 생각하면 화이트와인 쨩의 캐릭터 소개를 방금의 사타구니 10분 만지기로 끝내야 할 만큼 늘어져 있다……!

"스ㅇㅇ로 쨩……. 분명 다들 보고 싶겠지……. 하지만 시간이……."

어떡하면 좋지? 분명히 스○○로 쨩은 보고 싶지만, 가챠인 이상 원래 소재가 되는 레몬 츄하이가 언제 나오게 될지 전혀 예상할 수 없다. 과금을 하는 것도 아니기에, 천장도 물론 없다.

그리고 눈앞의 화이트와인 쨩이 너무 귀여워서 이 아이로 진행하고 싶다는 욕구도 있다.

: 이건 어쩔 수 없지.

: 완전 운이니까. 충분히 노력했어!

: 화이트와인 쨩은 좋아!

다들 상냥한 배려의 채팅을 해준다. 우우우…… 다들 고마워……!

아아, 하지만 스○○로 쨩을 두고 바람을 피우자니 마음이…….

"—그렇지!"

이 게임, 아까 운영 측으로부터 들은 게 사실이라면 이 화이트와인 쨩에게도 이름을 붙일 수 있을 거야!

"그러니까, 여기서 이름을 붙이는 거구나! 좋아, 이걸 이렇게…… 이렇게 하면—."

【스○○로(화이트와인 맛)】

"아즈아아아아아아아아!! 이걸로 어떠냐아아아아아아아—!!!!"

: ㅋㅋㅋ

: 완전 억지잖아ㅋㅋ

: 정말 이 이름으로 괜찮으십니까?

: 자신만만하게 외치고 있는데 미안하지만, 아와 쨩 말고는 모두 당황하고 있다구.

: 이름 지어진 화이트와인 쨩도 아마 당황할걸.

『스ㅇㅇ로(화이트와인 맛)라니…… 내 이름이야? 흐응~, 꽤 센스가 있잖아.』

"들었지?"

: 세 글자만으로 빼기는 게 전해지다니, 굉장해.

: 존재를 덧칠하지 마.

: 화이트와인 쨩, 제정신으로 돌아와!

: 센스가 있다는 건 아마 비꼬는 걸 거야.

: 레몬 츄하이 쨩이 안 뜬 이유는 이름 때문이지 않을까?

그리하여 끝끝내 가챠 화면에서 다음으로 진행할 수 있게 되었다…… 다행이야…….

"드디어 기나긴 튜토리얼을 끝냈으니! 가챠로 받은 스트레스를 리프레쉬하고 게임을 즐기러 간드아~!"

이후로는 딱히 막히는 부분 없이, 대단히 매끄럽게 게임이 진행됐다.

실제로 게임을 진행하면서 감탄한 것은 기이할 정도의 디테일이었다. 그냥 육성만 하는 게 아니라, 모든 3성 캐릭터에 저마다 스토리가 있었다. 아이돌의 정점을 노리는 소녀들의 고뇌와 갈등, 그리고 성장하는 이야기여서 대단히 읽는 맛이 있었다.

화이트와인 쨩은 평소에 쿨하게 행동하지만, 내면에는 뜨거운 열정을 숨기고 있어 최고였지. 중간쯤부터는 안건이랑은 상관없이 나도 모르게 몰입하고 있었다.

그리고 마침내 맞이한 콘테스트 당일—.

『좋아, 다녀올게.』

"가슴을 펴고 다녀와. 극한까지 단련한 너는 이제 틀림없는 스○○로 쨩이다."

: 스○○로(화이트와인 맛)「저기, 나 화이트와인인데……」

: 드디어 스○○로가 세계에 선다!

: 세계를 취하게 해라!

: Japanese Ero Drink!

: 화이트와인이야, 스○○로야? 어느 쪽인 거야!

그리고 그날 밤, 스○○로는 세계 제일의 술이 됐다—.

안건 방송 다음 날. 눈을 뜨자마자 곧장 게임 운영사에 사과 전화를 걸었는데, 혼나기는커녕 감사인사를 받았다.

아무래도 방송의 평판이 대단히 좋았는지, 어제부터 게임 다운로드 수가 눈에 띄게 늘어났다고 한다. 면밀히 세운 기획을 기각 당한 몸으로서는 어쩐지 복잡한 기분이지만, 뭐 끝이 좋으면 다 좋은 거지.

그리고 더욱이 훗날, 이번 결과 덕분인지 안건 의뢰가 정기적으로 오게 되었다.

……슈와 쨩에게.

막간 스즈키와 하레루

"히나타 씨, 이런 데 있었네요."

"오, 스즈킹이네! 용케 나를 찾았는걸?"

리이브온의 사무소에는 회의 등을 위한 작은 방이 여러 개 존재한다. 그 작은 방 중 하나에, 모가미 히나타— 다른 이름으로 아사기리 하레루가 혼자서 노트북 PC를 펼치고 앉아 있었다.

"아까 이쪽 방향으로 가는 게 보인 것 같아서요. 휴식 시간이라 와 봤어요. 앉아도 돼요?"

"그럼~ 그럼~."

스즈키는 하레루의 맞은편에 앉았다.

"좋아, 좋아. 날 찾아낸 상으로 스즈킹한테는 이걸 주지."

하레루가 주섬주섬 옆에 둔 가방을 뒤지더니, 안에서 꺼낸 것을 스즈키 앞에 내밀었다.

"……이거, 뭔가요?"

"무○킹 카드인데?"

"아니, 그건 보면 아는데요……."

딱정벌레 일러스트가 그려진, 묘하게 번뜩이는 카드 다발을 본 스즈키의 표정이 당황으로 물들었다.

"확실하게 전 종류를 모아놨거든?"

"그건 굉장하네요. 하지만 제가 의문인 건 왜 이 상황에 그걸 가지고 있으며 어째서 저한테 선물을 하는 건가, 라는 거예요."

"어…… 무○킹 안 좋아해……?"

"왜 무○킹으로 그렇게 믿을 수 없다는 표정을 지으시는 거예요? 그거, 무○킹이잖아요. 10년 전의 어린아이나 곤충을 엄청 좋아하는 사람이 아니면, 받아도 반응하기 어려워요."

"앗, 그렇군. 그런 거구나!"

"이해해 주셨으니 다행이네요."

"스즈킹은 공○킹파구나! 괜찮아. 그것도 있어!"

"혹시 그 가방은 4차원 주머니 같은 건가요?"

이번에는 공룡 일러스트가 그려진 카드 다발을 하레루가 내밀었다. 그러나 그녀의 표정은 조금 미안한 기색이었다.

"미안, 스즈킹. 공○킹파인 너에게는 미안하지만……나, 산퉁고사우루스만 없거든……."

"사과를 하셔도, 저는 그 산퉁고사우루스라는 생물의 모습이 전혀 머리에 안 떠올라요. 그리고 공○킹 파도 아니에요."

"뭐……? 스즈킹…… 인생을 전부 손해보고 있어……."

"그 두 가지가 인생의 전부라고 생각한다면, 히나타 씨야말로 인생을 돌이켜보는 게 좋아요."

"하지만 무○킹도 공○킹도 굉장하거든?"

"아니 뭐, 그건 이해하는데요. 유감이지만 저의 니즈에 절망적일 정도로 안 맞아요."

"……아! 미안, 스즈킹! 드디어 네가 바라는 걸 알았어! 네가 바라는 건 『스즈킹』이구나!"

"네? 어…… 으응?"

무슨 말인지 이해 못 하고, 무심코 고개를 갸웃거리는 스즈키. 그런 그녀에게 마찬가지로 신기하단 표정을 짓는 하레루.

"어? 이것도 아냐?"

"저기, 무슨 말인지 의미를 모르겠어서……. 스즈킹이라는 건 저를 말하는 거죠? 제가 저를 바란다는 건 무슨 말인가요?

"아니, 『스즈무시킹』. 줄여서 『스즈킹』이야."

"마구 헤매고서 더 헤매는 건 그만둬 주실래요? 방울벌레(스즈무시)로 베리에이션을 만드는 것도, 손님을 모으는 것도 무리가 있잖아요! 딱정벌레나 공룡은 이해하지만, 방울벌레는 아무리 열심히 노력해도 방울벌레잖아요."

"이미 있거든?"

"있는 건가요?! ……우왓, 뭐야?!"

그녀가 세 번째로 가방을 뒤져서 꺼낸 카드 다발에 정교하게 그려진 방울벌레를 보고 스즈키는 경악하여 소리쳤다. 그 모습을 본 하레루는 그제야 만족스러운 기색이었다.

"이건 말이지! 너를 위해서 내가 만들었습니다!"

"인생을 전부 손해보고 있어요."

"그건 내가 제일 잘 알아."

가벼운 장난을 친 다음, 드디어 두 사람 사이에 진지한 분위기가 감돌았다.

아사기리 하레루란 인간은 기본적으로 대화를 시작할 때 종잡을 수 없는 농담을 하는 버릇이 있다. 이 습관에는 스즈키도 언제나 휘둘리고 있지만, 눈치 빠른 그녀는 이것이 상대방의 긴장을 풀어주기 위해서라는 것을 깨닫고 있었다.

"여기서 뭐하고 있었어요?"

"라이브 준비. 할 일이 산더미 같으니까."

"그랬었군요. 다시 한번, 라이브를 승낙해 주셔서 감사합니다."

"아하핫~. 스즈킹은 특히 끈질기게 권유했었지."

"……제가 강하게 주장했을 뿐이지, 분명 다른 사원들도 저랑 같은 생각이었을 거예요."

"그건 기쁜 이야기인데 말이야. 어쩐지 그 탓에 쑥스러워서 모두 앞에 나서기가 좀 그렇단 말이지."

"어, 어째서인가요?"

"그게…… 내가 라이브를 승낙한 이유, 전에 설명했잖아?"

"아아, 그거요."

라이브 승낙을 선언한 다음 날, 출근한 하레루는 왜 이제 와서 하겠다고 결심한 건지 사원들에게 설명했다.

"그렇게 말을 해놓고서, 나서기가 좀 영 어렵잖아. 그래서 이렇게 혼자 쓸쓸하게 일하고 있는 거야."

"다들 따뜻하게 맞이해줄 거예요. 틀림없어요."

"그 훈훈한 시선이 싫다니까~."

쑥스러운 기색으로 수줍게 웃는 하레루를, 스즈키는 그야말로 훈훈한 시선으로 지켜보았다.

아사기리 하레루, 라이브온의 1기생이자 회사의 대들보—이 작은 몸 하나로 라이브온을 VTuber 업계의 인기 사무소가 될 때까지 지탱해온 그 삶을, 스즈키는 동경하고 있었다.

슬슬 일하러 돌아가야 하는 시간이 다가와서, 스즈키는 마지막으로 전부터 신경 쓰인 질문을 했다.

"……어째서 유키 씨인가요?"

"아~. ……서프라이즈 말이야?"

"네."

"그렇네……. 뭐, 스즈킹이라면 괜찮겠지. 슈왓치의 매니저이기도 하니까 특히 신경 쓰일 거고. 하지만 본인한테는 비밀이로 해야 돼? 그녀의 인기가 폭발하는 모습을 보고…… 처음으로 라이브온의 1기생으로서 짐을 내려놓은 느낌이 들었거든."

"……."

"아까 장난치면서 스즈킹도 그랬었잖아. 내 인생을 돌이켜본다고. 그 계기가 되어준 거야."

"아하……. 감사합니다."

물어보고 싶은 건 이걸로 끝났다. 스즈키는 자리로 돌아가기 위해 일어서서, 문을 향해 걸어갔다.

그리고 스즈키는 다시 한번 하레루를 돌아보며, 이번에는 그녀가 제일 하고 싶었던 말을 웃으면서 말했다.

"수고하셨어요. 히나타 씨."

"……응."

하레루는 처음에 조금 놀란 표정을 지었지만, 금방 웃으며 답했다.

"너는 아직 젊지만 우수해. 분명히 금방 출세할 거야. 라이브온의 운영을 잘 부탁할게."

"네……. 그러면, 실례할게요."

영원 같기도 하고 한 순간 같기도 한 시간 동안 말없이 서로를 마주본 다음, 스즈키는 방을 나섰다—.

하레루 선배와 레슨

"좋았어! 이걸로 얼추 괜찮지 않을까?"

"감사합니다!"

현재 나는 수도권 모처의 스튜디오에서, 하레루 선배와

둘이 만나 노래 레슨을 받고 있었다.

요전에 하레루 선배의 솔로 라이브 피날레 파트에 나와 부를 신곡이 마침내 완성됐다는 연락을 스즈키 씨로부터 받았다. 그래서 오늘은 그 중요한 신곡을 연습하는 날이었다.

수시로 휴식을 하면서, 하레루 선배와 문자 그대로 파김치가 될 때까지 신곡을 연습하는 하루였다.

당연한 것이지만, 그냥 곡을 부르기만 하면 안 된다. 다수의 손님들이 돈을 내고 보러 와주는 데다가 하레루 선배의 중요한 무대다. 곡의 퀄리티를 100퍼센트 끌어올리는 가창을 해야 하는 것이다.

오늘 하루 동안, 화음 파트부터 가사에 담긴 세세한 감정까지 시간이 허락하는 한 철저하게 배웠다. 덕분에 이 곡이 가진 의미를 정확하게 이해하고 부를 수 있는 수준까지는 됐을 거야.

"이야~. 슈왓치, 역시 대단한걸. 맑고 잘 울리는 목소리는 천성의 재능이야. 특히 올곧은 가사를 부르면 마음에 힘차게 울린다니까."

"고맙습니다. 하지만 기술면에서는 아직 하레루 선배에게 한참 못 미쳐요."

"노래는 듣는 사람의 마음에 울리는 게 정의야. 기술은 그걸 지원해주는 것에 지나지 않아. 아, 하지만 졌다고 생각하지는 않거든! 나도 노래에는 자신이 있으니까!"

"알고 있어요. 뭐. 저도 졌다고 생각하진 않지만요."

"훗훗후. 그렇게 나오셔야지."

오늘 명백해진 사실인데, 아무래도 하레루 선배는 시온 선배와 세이 님과의 노래방 콜라보 때부터 나를 노래 라이벌로 점찍었던 모양이다. 종종 이렇게 노래로는 안 진다고 발언을 해왔다.

재미있고 인망이 있고 노래 잘 부르는데 귀엽기까지 하다니, 최강이 따로 없다.

참고로 그「지지 않는다」발언에 대한 내 대답으로도 알 수 있는 것처럼, 지금의 나는 딱 잘라서 노래에 자신 있었다.

지금 나는 맨정신이지만, 스○○로를 마시고 한 번 기분 좋게 노래한 감각을 기억하고 있는지 술 없이도 거의 슈와 상태와 다를 바 없는 가창이 가능해졌다. 요즘에 절실하게 생각하는 건데, 자신감을 가지기만 해도 여러모로 변하는 법이다.

물론 그렇다고 슈와뿐 아니라 아와까지 멘탈 강자가 되는 건 아니니까, 평범히 긴장도 하지만 말이야.

"그건 그렇고, 하레루 선배는 굉장하네요."

"오? 갑자기 뭔데뭔데?"

—그러나 그건 가창이란 부분에서만 통하는 것.

나는 오늘 연습에서 하레루 선배의 새로운 어마어마함을 보았다. 바로 이해력이다.

이번 신곡은 엄청나게 귀에 남는 멜로디가 최고인데, 딱 잘라 말해서 가사가 조금 난해한 곡이었다. 말로 표현하기는 어렵지만, 분명한 언어의 무게감이 이 곡의 가사에 담겨 있었다.

그런데 하레루 선배는 순식간에 그 가사의 의도를 이해하고, 이곳은 이런 마음을 담는 거라고 가르쳐 주었다.

숨겨져 있던 뜻을 이해하고 나서 가사를 보면, 같은 곡인데도 처음에 가사를 봤을 때와 전혀 품게 되는 감정이 달라진다. 나 혼자서는 완전히 이해하는데 얼마나 시간이 걸렸을지 모른다.

그래서 이것에 대해 진심으로 찬사의 말을 하레루 선배에게 보냈는데…….

"그거야 당연히 알지. 왜냐면 내가 만들었으니까."

—몇 초인가 완전히 정지했다.

"어…… 만들어요……? 뭘요?"

"곡을."

"하레루 선배가?"

"응. 작사, 작곡, 편곡. 전부 내가 했어."

이제 너무 놀라서 뭐라고 말도 안 나온다.

이런 퀄리티의 곡을 혼자서 만들었다고? 방금 전까지 저명한 작곡가가 만들었다고 믿어 의심치 않았거든.

아하……. 여태 조금 마음에 걸렸던, 곡 연습인데도 작곡가가 코빼기도 안 보였던 이유가 이거였다. 사실은 눈앞에 계속 있었던 거구나.

이 사람은 대체 뭐지? 사람의 섭리를 얼마나 돌파해야 만족하는 거야…….

"라이브 스타트 때는 나를 위한 곡이 아니니까 내가 관여하지 않았는데 말이야. 솔로 라이브의 마무리 정도는 좋지 않을까 해서 열심히 했지!"

"그렇군요. 여러모로 생각하는 바가 있지만 하레루 선배니까 이런 것도 납득하기로 할게요. 하지만 그렇게 중요한 곡을 저랑 불러도 돼요?"

"응! 이 곡은 슈왓치랑 부르니까 의미가 있는 곡이야!"

"네에……."

잘 모르겠지만 하레루 선배가 바란다면 응할 뿐이야.

하레루 선배가 없었으면 나는 지금 여기에 없을지도 모른다. 은혜를 갚기 위해서도 최고의 무대로 만들겠어!

"자, 그러면 슬슬 돌아갈까~. 슈왓치…… 어라?"

"응? 왜 그러세요?"

"아니, 엄청 새삼스러운데 지금의 너는 슈와슈와가 아니니까 슈왓치가 아니잖아? 올바르게는 아왓치?"

"아, 그런 거군요. 어떻게 부르시든 괜찮아요."

"오케이. 그럼 이제부터는 술을 안 마셨을 때는 아왓치! 그러면 아왓치, 이제 돌아가자. 차로 집까지 데려다줄게."

"네! 감사합니다!"

"있지, 아왓치."

"네?"

"나한테 뭐 물어보고 싶은 거 있지?"

조수석에 앉아 돌아가는 도중에, 갑자기 그런 말을 들었다.

"……왜 그렇게 생각하세요?"

"얼굴에 다 쓰여있어. 나는 눈치 빠르니까 다 알아."

정말이지, 이 사람이랑 이야기를 하면 마음속을 다 들여다보는 것 같아.

"……그러면 하레루 선배, 한 가지 질문해도 될까요?"

"응, 뭔데에~?"

사실은 물어볼까 말까 망설였는데, 이렇게 되면 도망치는 것도 한심하다. 나는 전에 스즈키 씨랑 대화하면서 계속 신경 쓰인 것을 물어보기로 했다.

"어째서 이번 솔로 라이브를 승낙했어요? 전부터 갖가지 권유가 있었다고 스즈키 씨한테 들었는데요."

"흠흠. 그렇게 나오셨다, 라."

"설마……. 이걸 마지막으로 은퇴, 그런 건 아니죠?"

스즈키 씨에게 이번 얘기를 듣고서, 며칠간 내 작은 뇌로 생각한 결과 머릿속에 떠오른 최악의 이유가 이거였다.

「마지막이니까 유종의 미로 라이브를 승낙했다」— 이 가능성을 깨달은 날부터 마치 마음에 무게추가 달린 기분이 들어서 도무지 사라지질 않는다.

"……하하하핫!! 그건 아냐!!"

그러나 그런 내 불안을 하레루 선배는 호쾌한 웃음으로 날려버렸다.

마음의 무게추가 툭 하고 떨어지는 걸 느꼈다. 그 대답을 듣자, 차에 탄 뒤부터 어두웠던 나는 자연스럽게 웃음을 지었다.

"그, 그렇죠! 어쩐지 이상한 걸 물어봐서 죄송해요……."

"내 말이! 나는 아직 이 정도로 멈출 인재가 아니거든!"

"아직이긴요. 현재 시점에서도 탑 VTuber잖아요……. 하지만, 그러면 어째서 라이브를 승낙했나요?"

"……있지. 아왓치는 IQ 테스트 받아본 적 있어?"

"IQ 말인가요? 저는 경험이 없어요."

"그렇구나. 나는 받은 적 있어. 결과는 IQ 160이었어."

"네에……."

솔직히 수치로 말해도 그게 높은 건지 낮은 건지 기준을 잘 모르니까, 그런 맥 빠지는 대답을 해버렸다.

"오, 집에 도착! 오늘은 수고했어!"

"어, 어어?! 질문의 대답은요?!"

"방금 그게 대답이야~. 자, 너무 오래 세워두면 민폐가 될지도 모르니까 얼른 내리시고!"

그렇게 말하며 나를 재촉한 선배는, 정말로 「그럼 또 봐!」라는 말만을 남기고 가버렸다.

알 수가 없어. 도무지 의미를 알 수가 없어!

"……엑?!"

집에 들어온 뒤 IQ가 신경 쓰여 조사해봤을 때, 나는 또 놀라게 됐다.

아무래도 IQ가 130을 넘기면 천재라고 불리는 수준이라고 한다.

다시 말해서, 하레루 선배의 IQ 160은 천재 중의 천재라고 해도 과언이 아닌 수준이 되는 거다.

"……아니, 그러니까 이게 어떻게 대답이 되는 거지?!"

안 되겠어. 내 머리로는 하레루 선배의 언동을 도무지 이해 못 해……. 이제 지쳤으니까 오늘은 자야지.

정말이지, 하레루 선배한테 몇 번이나 놀랐는지 이제 셀 수도 없겠어…….

제2장

인의 없는 호러 게임

라이브가 차츰 다가오고, 점점 긴장을 풀 수 없게 된 요즘.

방심은 실수를 부른다. 라이브까지 이 적당한 긴장감을 유지해야 한다고 생각하던 참인데, 운 좋게도 최적의 기획에 불러주셨습니다!

"푸슉! 모두가『눈으로 보는 항우울제』라고 부르는 슈와 쨩의 방송 시간이드앗~! 오늘은 게스트로 에에라이 쨩을 초대해서 호러 게임을 한드아~!"

"원장은 호러 게임 하고 싶지 않은 거랍니다~."

"근데 해야 되는 거랍니다~."

: 푸슉!

: 이건 설마「그」벌칙인가요?

: 생각보다 빨리하네. ¥5,000

: 그러면 원장은 슈와 쨩을 고른 거구나 ㅋㅋㅋ

: 어째서 하필이면 호러의 반대말인 슈와 쨩을 골라버린 걸까…….

자, 사실은 오늘 이 호러 게임 콜라보가 결정된 데에는 갖가지 경위가 있다.

사건의 발단은 에에라이 쨩이 본인의 방송에서 《동물원 원장이라면 대답할 수 없는 동물잡학은 없다》라는 기획을 한 데서 시작되었다.

기획의 자세한 내용은 시청자에게 받은 동물에 관한 문제를 랜덤으로 10개 선출하여, 만약 대답 못 하면 앙케이트로 정해진 벌칙을 한다는 것.

어떤 이상한 문제가 섞여 있을지 모르는 이상 가혹하기 짝이 없는 내용이지만, 본 방송에선 시청자들의 예상을 깨고 에에라이 쨩은 압도적인 지식으로 여덟 문제 연속 정답.

설마 올 클리어가 될 것인가 하는 기대가 높아지는 가운데, 대망의 아홉 번째 문제가 나타났다.

@에에라이 원장의 체중은 얼마~게?@

책략가가 등장한 것이다. 이것도 일단은 동물 문제다.

이 질문에 명백하게 동요를 숨기지 못한 에에라이 쨩은, 10분 정도 깊은 고민을 한 결과 패배를 인정했다.

그녀는 자신의 소중한 것을 지키기 위해 스스로를 고행속에 던졌다. 답을 듣지 못했는데도 이때 채팅창은 그 결단력을 칭송하는 박수갈채의 폭풍이 일어났고, 《원장이 혼신의 자기희생(자신을 위해)을 했다》는 타이틀의 클립이 현재진행형으로 커다란 인기를 끌고 있었다.

뭐, 그렇게 벌칙이 정해지기는 했지만…… 여기서 조금 트러블이 발생했다. 앙케이트 결과 득표수 1위가 호러 게임이었는데, 원장이 호러 게임을 정말 싫어한다는 점이었다.

물론 싫어하는 게 아니면 벌칙은 성립하지 않는다. 그래서 「플레이는 전부 자기가 할 테니 하다못해 함께 실황을 해줄 버디를 준비해 달라」고 에에라이 쨩이 애원했고, 물론 시청자들은 너그러이 받아들였다.

애당초 해당 문제가 그런 문제였다 보니, 어쩔 수 없지.

그리하여 영광스럽게도 버디로 선택된 것이 바로 나, 슈와 쨩이라는 거지!

전에 호러 게임 콜라보를 해보고 싶다고 한 적도 있으니까, 나로서는 바라던 바야!

"정마알~ 에에라이 쨩! 버디로 고를 만큼 나를 좋아한다면 진작 말을 해 주지~. S○X할래?"

"벌칙을 늘리려고 하지 말아주세요랍니다~. 슈와 쨩 선배를 고른 건 그저 호러 게임의 무서움을 가장 잘 중화시켜줄 것 같은 존재였기 때문일 뿐이랍니다~."

"어머, 얘. 그건 마음의 지주란 거야? S○X할래?"

"라이브온 굴지의 개그맨이라는 거랍니다~. 그리고 저는 그렇게 간단히 몸을 허락할 정도로 쉬운 여자가 아니랍니다~."

"나는 쉽거든. S○X할래?"

"이 녀석은 그거 말고는 생각이 없나요랍니다?! 발정기의 고양이인가요랍니다!!"

“이렇게 연중 발정기인 암고양이를 상대해줄 미녀, 연락 바람. 함께 스○○로로 목욕하면서 최고의 스○○로 플레이를 하자구! 전화번호는 000-0000-0000-1919454519194545.”

“네 녀석은 어느 별의 전화번호를 쓰고 있는 거야랍니다?! 그리고 마시는 것 외에 스○○로를 다른 용도로 쓰지 마랍니다~!”

“영상 업로더가 스○○로 목욕이라고 찍어 올리면 SNS에서 활활 불타겠지? 역시 낭비는 안 좋아.”

“아니, 방금 자기가 하겠다고 말했어랍니다! 이제 대화의 흐름이 엉망진창이라 따라가기도 어려운 거랍니다…….”

: 성행위 희망하는 스○○로녀.

: 뭐가 호러의 반대말이야? 존재 자체가 호러인데!

: 말꼬리가 「S○X할래?」인 캐릭터는 시대를 너무 앞서갔잖아ㅋㅋ

: 앞서간 게 아니라 원숭이까지 퇴화한 거야…….

: 원장은 용케 태클을 걸 수 있구나. 굉장한걸.

“정말이지, 이제 게임할게요랍니다~.”

“게임이랑 한 판 하는 거라면 어제 했습니다.”

“야겜 플레이 보고는 필요 없답니다~. 이제 정말로 게임 스타트랍니다!”

이번에 하는 작품은 프리웨어 게임이라서 금방 끝나는 데다가, 호러 게임 초심자인 에에라이 쨩이라도 팽개치지 않고 클리어할 수 있는 「보라오니」로 정해졌다.

게임의 내용은 사람이 없는 커다란 서양식 건물에 담력 시험을 하러 간 중학생들이 갇혀, 건물 내부를 어슬렁거리는 「보라오니」라고 불리는 보라색 거인 괴물을 피하면서 탈출을 노리는 것.

정신적 호러보다는 패닉 호러 장르라서 에에라이 쨩이라도 마음이 꺾이지는 않을 거라 믿고 싶다.

조금 예전에 상당히 유행했던 게임이라 나는 게임의 흐름을 대강 기억하고 있다. 하지만 에에라이 쨩은 호러 게임을 철저하게 멀리하고 살아왔는지, 보라오니의 모습만 알고 게임은 완전히 처음 플레이해본다고 한다.

자, 일단 서양식 건물에 들어간 중학생들 속에서, 주인공인 히로키가 갑자기 이상한 소리가 난 방으로 우쭐대며 혼자 향해 아이템 《식칼》을 입수. 그리고 조금 전의 장소로 돌아오자 어째서인지 있어야 할 친구들이 사라졌다. 여기서 프롤로그가 종료되며 게임 시작. 이미 건물의 문은 완전히 닫혀 있어서 바깥으로 나갈 수는 없다.

"……."

그건 그렇고, 플레이를 보고 있기만 해도 얼마나 에에라이 쨩에게 호러 내성이 없는지 확실하게 알 수 있다.

마음을 가다듬고 앞으로 나아가도 금방 멈춰서 조금 후퇴. 그걸 말없이 몇 번씩 반복하는 느낌이다.

이런 상황이야말로 내가 나설 차례! 게임을 알고 있는 이상 조언이나 스포일러는 NG이지만, 혼신의 토크로 에에라이 쨩을 응원하는 거야!

"아, 이번에는 게임에서 움직임이 적은 장면이 있으면 카스텔라도 답변할 거니까 잘 부탁해~."

"그냥 계속 카스텔라 답변을 하고 싶답니다……."

"에이, 호러 게임도 좋잖아? 자, 이 게임의 제작자가 생각한 대로 놀아나며 깜짝깜짝 놀라고 있다고 생각을 해봐. 어쩐지 흥분되지 않아? S○X할래?"

"흥분도 안 되고, 호러 게임을 즐기는 방식으로도 잘못된 것 같답니다~. 그리고 성행위 권유가 끈질겨랍니다~."

"에이~ 딱히 괜찮잖아! 그냥 말꼬리야, 말꼬리. 에에라이 쨩의 『랍니다~』랑 똑같아! 짝꿍이네!"

"어쩌면 이 말꼬리를 그만둘 순간이 온 걸지도 모르겠답니다."

"어라아~?"

그런 말을 하면서도 어느 정도 긴장이 풀렸는지, 게임의 진행 속도가 아까랑 비교해서 확실히 빨라졌다. 좋아좋아, 계획대로야!

자, 그런 이야기를 하는 사이에 드디어 첫 번째 보라오니 등장 장면이 다가왔다.

문제의 방에 들어간 순간, 화면 윗부분에 한순간만 보라오니가 힐끔 얼굴을 보여주면서 등장했다.

“히야앗?! 이, 있었어요! 위쪽에! 분명히 있었어! —랍니다!”

“지, 진정해, 에에라이 쨩! 말꼬리를 나중에 갖다 붙인 느낌 엄청났어!”

“그렇지만 있었답니다?! 어쩔 수 없잖아요랍니다!”

“OKOK, 분명히 있었을지도 몰라.”

불쌍하다고 생각하면서도, 마음속 어딘가에선 애가 호러 요소에 어떤 반응을 하는지 보고 싶다는 장난기가 솟아오른다. 이것도 생물의 습성인가…….

“이제 돌아가고 싶답니다…….”

“자자, 어차피 갇혀 있잖아. 그리고 사라진 친구들도 찾아야 하고.”

“이런 위험한 곳에 있을 수 있겠냐랍니다! 저는 한발 먼저 돌아가겠어랍니다!”

“그 대사는 호러 업계에서 필중즉사마법(단, 대상은 자신 외에 고를 수 없다)의 영창이니까 그만두는 편이 좋아.”

에에라이 쨩도 끝없이 징징거리면 게임이 진행되지 않는다는 건 알고 있으리라— 그녀는 히로키를 방의 책상 위에 놓인 빛나는 아이템 곁으로 이동시켰다.

자, 여기서부터가 이 게임의 진수! 아이템을 집은 순간, 어디선가 보라오니 하나가 튀어 나온다! 그리고 보라오니를 따돌릴 때까지 죽음의 술래잡기, 스타트다!

그리고 에에라이 쨩은 채팅창 보는 게 금지니까, 첫 플레이인 이상 보라오니의 등장 예측은 불가능합니다.

자, 어떻게 될까?(두근두근)

지금 아이템을…… 잡았다!

"으아아아아아아?!?! 온다온다온다?! 이리 오지 마아아아!!!!"

미안, 에에라이 쨩. 솔직히 좀 뿜었어. 롱 피트 할 때의 나와 비슷한 소리를 내는데, 이거 괜찮은 건가?

에에라이 쨩이 쌓아온 상식인 포지션이라는 벽이 시시각각 무너지고 있는 것 같은데…….

나는 지금 베를린 장벽 붕괴 수준의 역사적 순간에 서 있는 걸지도 모른다.

: 개웃김ㅋㅋㅋㅋ

: 원장이 동물 같은 포효를 지르고 있네.

: 절망의 감정을 음색만으로 드러내는 연기파.

: 연기가 아니라 찐이란 말이지…….

"자, 얼른 도망쳐! 정신 똑바로 안 차리면 보라오니한테 심한 짓 당할 거야! 얇은 책이 두꺼워져 버릴 거야! 정조의 위기인 거야!!"

"정신공격을 하지 마랍니다! 선배는 어느 쪽 편인 건가요랍니다?!"

언뜻 보기에도 서투른 조작으로 저택 안을 도망쳐 다니던 에에라이 쨩은, 도망칠 길을 잘못 골라 저택의 구석까지 몰려버리고 말았다.

이제 도망칠 길은 없다. 뒤에서는 멈출 기색 따위 전혀 없는 보라오니가 다가온다.

이제 끝이야. 게임 오버를 피할 수 없다. —나조차 그렇게 생각했을 때였다.

"헉, 헉, 헉, 헉…… 이렇게 되면…… 크!"

"……응?"

갑자기 에에라이 쨩이 보라오니 쪽을 돌아보더니, 어째서인지 그대로 일직선으로 돌격해버렸다.

그리고—.

"야, 이 자슥아! 이 얏파[#22]로 갈갈이 찢어뿐다! 블루베리 같은 색을 하고서는…… 네놈의 피는 무슨 색이냐, 이 자슥아아아아아아!!"

"으응?!"

"됐다, 그런 건 아무래도 좋아. 네놈의 몸을 얏파로 찢어서 피가 빨간색이면 딸기 잼을, 보라색이면 블루베리 잼을 만들어 주겠다아!!"

"으으응?!?!"

"죽어버려라 임마아아아아아아아!!!!"

#22 얏파 일본의 조폭인 야쿠자가 사용하는 은어. 흔히 단도 같은 짧은 칼을 지칭한다.

히로키가 한 치의 흔들림 없이 마치 자석처럼 다가오는 보라오니와 접촉했다.

게임 시스템상 보라오니를 쓰러뜨릴 수단은 없다. 식칼을 들고 있든 아니든, 명확히 게임 오버다.

"아앙?! 게임 오버?! 어째서냐, 이 자슥아아아!(탕탕탕탕!)"

"……."

문제는 베이스드럼 같은 둔탁한 소리로 책상 샷건을 헤비메탈처럼 연타하고 있는…… 과거에 원장이었던 무언가다.

: ?!

: ?!

: ?!

: 어?

: 왓?!

나랑 마찬가지로 동요를 감추지 못 하는 채팅창.

"……아, 아뿔싸."

"어—."

마치 폭풍 같은 순간이었다. 「어」라는 말밖에 못 하는 나는 휘몰아친 폭풍에 의해 술기운은커녕 정상적인 사고마저 어디론가 날아가 버린 걸지도 모르겠다.

"아, 저기! 슈, 슈와 쨩 선배~? 듣고 계신가요랍니다~?"

"어—."

"저, 저기요~? 들리시나요~? 에에라이 원장이랍니다~?"

"어―."
"……."
"어―."
"조, 좋아요. 알겠답니다! 한 가지만 질문에 대답해 주시는 거랍니다! 저기 말이죠, 혹시…… 저도 개그맨행인가요?"
명백하게 떨리는 목소리로 던진 질문. 하지만 그에 대한 대답만큼은 극한의 혼란에 빠진 지금의 내 머리로도 확신을 가지고 답할 수 있었다.
"라이브온에 온 걸 환영해, 에에라이 쨩!"
"안 돼애애애애애애애애애애애!!!!"
: ㅋㅋㅋ
: 이 전개는 예상 못 했다.
: 뒤늦게 개화하다. 설마 4기생의 슈와 쨩이었다니.
: 헤에, 동물원 원장인 줄 알았더니 동물구미의 번장이었네요.
: 이제부터 별명은 번장으로 결정됐군.

"설마 이렇게 되다니…… 그래서 호러 게임은 안 된다고 생각한 거야아……."
「베를린 장벽 붕괴인 줄 알았더니, 기세가 지나쳐 나라가 무너져 버렸습니다」 사건에서 몇 분이 흘렀다. 겨우 에에라이 쨩이 진정되긴 했지만, 아직 이런 상태다.

그래그래, 이해해. 진심으로 공감해, 에에라이 쨩. 마치 당시의 나를 보고 있는 것 같은 심정이야.

"자자, 기운 내! 자, 지금까지 한 것처럼 『랍니다~』라고 말해보렴? 자, 말해보렴?"

"뭘 도발하고 있냐, 이 자슥아!"

"히익! 사, 살려주십쇼, 번장님! 우리 사무소는 제발 봐주십쇼오!!"

"번장이 아니라 원장이다아! 그리고 진지하게 그쪽 방면 사람은 아니거든요?! 옛날에 좀 그런 영화에 빠진 시기가 있어서, 아까 그건 정말로 아주 약간 그런 부분이 나온 것뿐이거든요?"

"안 된데이, 번장. 우리들은 캐릭터를 파는 장사다 안카나. 한 번 사고를 쳤으믄 인자 못 돌아온다. 청초 행세하던 내 지금 이 꼴을 보믄 알지 않나?"

"사투리로 그럴듯한 말을 하지 마! 아직이야, 아직 망하지 않았어! 나는 아직 원장이야!"

"안녕하세요, 망한 사람입니다."

그 뒤로도 원장은 한참을 고민했지만, 한껏 달아오른 채팅창이나 카탓타의 트렌드 진입 등을 본 뒤로 이제 수습하는 게 불가능하다고 판단한 모양이다. 결국, 지금 그것이 자신의 본색에 가깝다는 걸 인정했다.

"하지만, 하지만이랍니다! 저는 원장으로서 자신을 버리고 싶지 않답니다. 분명히 지금 그게 본래의 저일지도 모르지만, 원장도 저의 일부랍니다! 그러니까 이제부터 동물을 사랑하는 에에라이 원장으로서도 열심히 할 거랍니다~."

"오, 좋은걸~. 그 마음 이해해. 나도 아와로서의 자신도 소중하게 생각하니까."

"이제 후회는 버렸다! 나는 약한 인간이 아냐! 뒤돌아보지 않는다! 지금의 사고조차 나 자신으로 인정하고, 이제부터 걸어갈 빛나는 미래의 양식으로 삼는 거랍니다! 만약 이번에 실망해버린 리스너가 있더라도, 새로운 제가 반드시 한 번 더 돌아보게 만드는 거랍니다!"

"말 잘했다! 그래야 번장이제!"

: 어쩐지 웃긴데ㅋㅋ

: 완전 상남자야. 이러면 따라갈 수밖에 없잖아!

: 평생 따라가겠습니다, 보스!

: 그 슈와 쨩조차 한동안은 망설였는데…… 대단한 기량인걸!

: 멋져……!

: 원장에서 번장으로 끝나지 않고, 동물원의 손님이 조직원이 된 순간이었다.

: 이게 뭐냐고 생각했지만, 늘 보던 라이브온이었어.

"으랏차! 그러면 호러 게임 계속해볼까, 에에라이 쨩!"

"……저기, 저는 이제 충분히 벌칙을 받았으니 이제 그만 해도—."

"안 됩니다아—☆"

"저는 버디를 아주 잘못 고른 걸지도 모르겠답니다……."

게임을 재개. 방금 게임 오버가 된 장소에서 재시작이다.

아이템 입수와 함께 다시 등장한 보라오니. 아무리 에에라이 쨩이라도 두 번째다 보니, 겁은 먹었어도 소리를 지르지는 않았다.

그리고 이번에는 도망치는 루트를 바꾸어 저택 안의 자물쇠가 열려 있는 방으로 들어갔다. 그리고 보라오니가 방에 들어오기 전, 간발의 차로 방 안에 있던 옷장에 숨어 보라오니를 따돌리는데 성공했다.

"하아……. 한 번 따돌린 것뿐인데도 지쳤답니다. ……저 괴물을 쓰러뜨릴 방법은 없는 건가요랍니다?"

"유감이지만, 찾으시는 챠카(권총)나 렌콘(리볼버) 같은 건 이 게임에 없다네."

"그런가요. 뭐, 그럴 거라고 생각했답니다~."

"어, 정말로 가지고 싶었던 거야?"

"네? ……앗."

"—앗."

"""앗."""

호, 호흡이 딱 맞는 건지 아닌지 알 수 없는 대화가 되었지만, 일단 게임을 진행하자…….

다음 장면은 새롭게 들어간 방 안에서, 사라졌던 친구 한 명과 처음으로 마주치는 장면이다.

그 친구의 이름은 타케오. 기가 약한 남자애다. 이번에도 보라오니가 너무 무서웠던 나머지 숨어 있던 옷장 안에서 계속 벌벌 떨고 있으며, 제대로 이야기도 못 하는 상태였다.

"아. 인간 로○ 씨, 하이~."

"태클 안 건답니다~."

"아. ○터의 의인화 씨, 하이~."

"왜 그렇게 말하면 태클을 걸어줄 거라고 생각하는 건가요랍니다~."

"안면성기라고 불린 배우도 있으니까, 전신완구라는 것도 가능하지 않을까?"

"미묘하게 멋진 말은 그만두는 거랍니다~."

그런 대화를 하면서도, 담담하게 방에 설치되어 있던 아이템을 회수하여 방을 떠나는 에에라이 쨩.

이제 어디로 가면 될지 모르기 때문에, 그녀는 산책 겸 저택 안을 일단 걸어 다니기 시작했다.

"이제 슬슬 카스텔라라도 답변을 하교에에에에에에엑?!"

그러나 그런 아무렇지도 않은 때에 가차 없이 등장하여 플레이어를 쫓아오는 게 보라오니다.

"후훗. 나, 교에에에~ 라는 비명 처음 들어봤어."

"뭘 웃고 있는 건가요랍니다?! 보라오니는 하나만 있는 게 아닌건가요랍니다?!"

또다시 시작된 죽음의 술래잡기. 이번에 에에라이 쨩이 고른 도주로는, 아까 타케오가 있던 방이었다.

……어라? 분명히 숨을 수 있는 옷장 안에 이미 타케오가 있을 텐데…….

그리고 예상대로, 열려고 했던 옷장 문은 굳게 닫혀 있었다.

"얌마아아아!! 얼른 열어라, 이 자슥아! 안에 있는 거 다 안다!!(쾅쾅쾅쾅)"

"이, 이것이 진정한 조직간 항쟁……! 처음 봤어!!"

그렇게 보라오니에게 맛있게 먹히는 에에라이 쨩이었다.

그 뒤로 몇 번이나 게임 오버를 봤고…… 제아무리 에에라이 쨩이라도 이 게임에 익숙해졌는지, 점점 진행의 템포가 좋아졌다.

지금은 수수께끼 풀이로 헤매는 상황이다. 실황이 어려운 파트에 들어왔으니 이제 카스텔라 답변을 해야겠군.

"카스텔라 진행은 내가 할 테니까, 에에라이 쨩은 여유가 있으면 대답에 협력해줘!"

"라져랍니다~."

"그러면 첫 번째인데— 무려! 이번에 에에라이 쨩을 호러 게임으로 이끈 계기가 된, 9번 문제의 출제자라고 추정되는 분의 카스텔라입니다!"

"오, 손가락 납품하러 온거냐랍니다~."

"순수한 공포."

@ 안녕하세요? 9번 문제를 출제한 그 사람입니다.

갑작스럽지만, 참회합니다.

저는 최애 라이버를, 라이브온의 가혹함을 극복할 수 있는 강한 아이로 성장해주길 바라며 천 길 낭떠러지로 떠밀었을 터…….

그러나, 어째서 이런 일이 일어나버린 걸까…….

지금 생각하면, 저도 라이브온의 무시무시함을 제대로 이해하지 못했던 거겠죠.

평소에는 동물원에서 동물과 뛰어놀던 원장이, 라이브온이라는 우리 안에서 굶주린 짐승에게 잡아먹히려 하고 있다…….

이건 분명히, 신이 저에게 내린 벌이겠지요.

저는 앞으로 슈와×에라 NTR물이 아니면 못 가버리게 될 겁니다.

그래도 상관없어요.

그것이, 리스너로서 저에게 내려진 운명이니까…… 읏! 후우……. @

"이건 손가락이 아니라 모가지도 내놓을 필요가 있겠어랍니다~."

"아니, 오히려 지금 먹히고 있는 건 내 쪽인데요? 기르던

개가 손을 문 정도가 아니라 철포를 들이밀고 있는데요!"

"하극상이랍니다~."

@A: 스○○로 마셔도 괜찮을까요?

B: 드세요. 그런데 하루에 몇 캔 정도 드시나요?

A: 두 상자 정도네요.

B: 음주 햇수는 어느 정도인가요?

A: 30년 정도네요.

B: 그렇군요. 아, 저기 욘토리 회사가 있네요.

A: 있네요.

B: 만약 당신이 스○○로를 안 마셨으면, 저걸 살 수 있었어요.

A: 저거 제 회사인데요.[#23]

미래의 슈와 짱@

"강하다(확신)."

"두 상자는 대체 뭐야랍니다⋯⋯ 하지만 왠지 슈와 짱 선배는 미래에 더욱 거물이 되어 있을 것 같은 거랍니다~."

"어, 진짜? 어째서?"

"사람을 움직이는 힘을 가졌으니까랍니다~."

"어, 나는 최면 능력자였어? 몰랐는데⋯⋯ 지금 당장 여고에 가서 능력으로 스커트 길이를 웨스트 마이너스 5센티미터로 하고 와야지."

#23 저거 제 회사인데요. 2008년, 일본의 한 온라인 게시판에 게재된 게시글 「저거 제 벤츠인데요」의 패러디. B가 흡연가 A에게 30년 동안 하루 두 갑씩 담배를 피지 않았다면 눈앞의 벤츠를 살 수 있었겠다고 말하자, A가 본인의 차라며 받아치는 내용이다.

"이젠 선배의 아바타를 지저분한 아저씨로 바꿔도 위화감이 없을 것 같아요랍니다~."

: 9번 문제 형씨도 설마 낭떠러지 밑바닥에서 번장이 기어 올라올 줄은 몰랐겠지.

: 당신이 떨어뜨린 것은 이 예쁜 에에라이(원장)인가요? 아니면 지저분한 에에라이(번장)인가요?

: ↑ 이 채팅 친 녀석은 끝장이군. 잘 가라.

: 번장을 모욕한 자는 온갖 극형을 받아도 모자라지.

: 최면계 게임에서 나오는 개그로밖에 안 보이는 교복, 좋아!

: 춥겠다(초딩 감상)

@슈와 쨩의 과음을 막기 위해, 금주법 제정을 해볼까요~.@

"미안. 지금부터 세계 최강의 생명체가 되고 올게. 지키고 싶은 세계가 있어."

"총리나 대통령이 아니라, 지구 최강의 생명체가 목표인 게 귀여운 바보 같아서 조금 좋아랍니다~."

@\booooooooooo!!/

YOU LOSE

에너지 드링크의 승리!

어째서 졌는지 내일까지 생각해 보세요.#24

그러면 뭔가 보이는 것이 있을 겁니다.

#24 어째서 졌는지 내일까지 생각해 보세요. 2019년 일본에서 진행된 펩○ 음료의 SNS 이벤트에서 유래된 문구. 축구선수 혼다 케이스케와 매일 가위바위보를 해 이기면 펩○를 받을 수 있었지만 확률이 매우 낮았고, 패배 시 나오는 혼다 선수의 표정과 발음이 묘하게 사람 속을 뒤집어 놓아 인기를 끌었다.

그럼, (환○) 잘 마시겠습니다.@

"통일성이 전혀 없는 거랍니다!"

"이겨서 따낸 에너지 드링크를 마시는 척하면서 전혀 상관없는 환○를 마시는 것으로, 승패가 전부가 아니라는 것을 암묵적으로 나타내는 게 아닐까?

"……그럴 수도 있겠다랍니다."

"그럴 리가 있겠냐."

: 토크에 관해서 이건 이미 지구 최강 클래스란 말이지.

: 슈와 쨩은 바보귀요미.

: 너를 상대하는 건 에너지 드링크가 아니라 환○로 충분했다는 정신공격일 가능성도 있지.

: 그럴 리가 있겠냐(무자비)

: 우○르급 태세전환 하지 마.

"아, 수수께끼 풀었답니다~!"

"오, 마침 잘 됐네. 그럼 카스텔라 답변은 이쯤하고, 게임에 집중해볼까!"

아, 슬슬 게임도 중반부 돌입이다. 가능하면 오늘 방송에서 나머지도 쭉 달리고 싶은데.

"있잖아, 에에라이 쨩. 뭔가 요즘 즐겨 보는 콘텐츠, 있어?"

"즐겨 보는 거 말인가요? 그렇네요……. 요즘이라기보단 옛날부터 동물 비디오를 자주 보고 있어요. AV(애니멀 비디오)라는 거랍니다."

"오, 좋은걸. AV(어덜트 비디오)는 언니도 엄청 좋아해. 옛날부터라면, 몇 살 때부터 본 거야?"

"음~ 너무 옛날이라 잘 기억이 안 나지만요. 초등학교 들어가기 전에는 이미 푹 빠져 있었답니다~."

"호, 호오? 조, 조숙했구나……."

"어, 그런 건가요? 어린애라면 일반적이랍니다?"

"엇? 그래?"

"어라?"

이럴 수가. 나조차도 초등학교 입학 전에는 꽃이나 교육 방송이나 아동용 애니메이션에 열중하고 있었는데…….

현대의 성교육은 내가 생각하는 이상으로 급격하게 진화한 걸지도 몰라.

"하지만 기억이 안 나는 것뿐이지, 실제로는 더 어렸을 때부터 봤을 거라고 생각해요랍니다. 이 정도까지 병적으로 좋아하게 된 걸 생각하면, 태어나는 순간에도 보고 있었을지도 모르는 거랍니다~! 아하하."

"태어나는 순간에?! AV를 봤어?!"

"그러니까 농담이랍니다~. 평범하게 생각하면 그럴 리 없잖아요랍니다~."

"그, 그렇겠지! 아~ 다행이다."

"뭘 그렇게 놀라는…… 아아, 그런 거였나랍니다~."

"응? 뭐가?"

"신경 쓰지 않으셔도 된답니다~."

: 엇갈리는 꽁트가 됐네ㅋㅋ

: 슈와 쨩이 완전 착각하는 중ㅋㅋㅋ

: 번장이 분명 동물 비디오라고 먼저 말했는데, 어째서…….

: 태어난 순간에 어덜트 비디오를 봐버렸다면 트라우마가 되어 역습을 생각할 거야.

: 아직 엇갈리고 있으니까 전혀 다행이 아니란 말이지.

: 아니, 번장은 엇갈린 걸 눈치 챈 거 같은데?

: 그렇지?

"저기, 그러면 요즘에 본 AV의 장르는 뭐야?"

"최근에는 코끼리의 감동 비디오를 봤어요랍니다~."

아아, 그렇군. 코끼리는 남배우를 말하는 거구나. 그렇게 에둘러 말하지 않아도 될 텐데. 정말이지, 쑥스러워하는 게 귀여운걸.

하지만, 감동? AV에서? 스토리가 좋았나?

"정말 감동의 눈물이 멈추질 않았답니다."

"분명히 울고 있는 에에라이 쨩과 함께 AV의 코끼리도 하얀 눈물을 흘렸겠지."

"으응? 무슨 말인 건가요랍니다?"

"어라, 못 알아들었나? 풋풋하구나~."

"네에…… 뭐, 됐어요. 하지만 코끼리는 굉장하답니다! 비디오에서는 코 끝으로 물건을 집거나, 그림을 그리기도

했다랍니다~."

"어, 진짜로? 그런 게 가능해? 끄트머리 생긴 게 그런데 물리적으로 가능해? 훈련에 따라서 가능한 걸까……."

"거기다, 사실은 헤엄도 칠 수 있답니다~."

"헤엄쳐?! 어, 쪼그라들었다 팽창하는 걸 반복해서 뒤로 달리는 것처럼?!"

"사람을 태우고서도 여유~롭답니다~."

"아, 그건 납득. 기승위란 거구나."

"그~런~ 거랍니다~."

: 이건 반칙이잖아ㅋㅋㅋ

: 번장이 완전히 슈와 쨩을 가지고 놀고 있네 ㄹㅇㅋㅋ

: 전~혀 그~런~ 게 아니랍니다~.

: 늘어졌다 섰다를 반복해서 헤엄치는 모습을 상상했더니 뿜었다.

: 대화의 흐름 때문에 코(막대)로 헤엄치는 거라고 생각한 거냐고ㅋㅋㅋ

: 새로운 영법이 발견됐군. 이름은 어떻게 지을까?

: 버터플라이가 있으니까, 장수풍뎅이 영법이면 되겠지.

: ㅋㅋㅋ

그렇게 잠시 엇갈린 대화가 이어진 다음, 채팅창을 확인하자 나는 마침내 무슨 일이 일어났는지 파악했다.

"이런. 에에라이 쨩, 이 심술쟁이!"

"아니, 저는 분명히 동물 비디오라고 말을 한 거랍니다! 착각하는 쪽이 이상하답니다~!"

"시끄러워어! 나한테 AV라고 하면 오로지 어덜트 비디오, 온리 원이야!"

"아, 새로운 생존자가 있는 거랍니다~."

"무시하지 마~!"

으음. 뭐, 끝없이 질척거려도 어쩔 수 없지. 게임 실황으로 돌아가자.

에에라이 쨩이 발견한 건, 주인공과 함께 온 친구 중 한 명인 미캉. 이 게임에서 손꼽히는 미소녀다.

말을 걸어 이야기를 들어보니, 보라오니를 보고 도망쳐 이 방에 들어온 후로 계속 떨고 있었던 모양이다.

여기서 선택지 등장이다.

1. 함께 탈출 루트를 찾자.
2. 내버려 둔다.

"어떡할 거야, 에에라이 쨩?"

"그거야 뻔하답니다! 친구니까 함께 살아서 돌아가는 거랍니다!"

망설임 없이 1을 고르는 에에라이 쨩. 역시 번장이야! 인정이 넘쳐!

그리고 그 말을 들은 미캉은—

『뭐어?! 그런 괴물이 있는 곳을 돌아다닐 수 있을 리 없잖아! 바보 아냐? 하아, 얼른 타쿠미를 만나고 싶어…….』

…….

"그렇구나, 그렇구나."

"버, 번장?"

"너 이 자슥, 미캉이라고 했냐? 이 얏파로 온몸을 깔끔하게 포를 떠주마. 각오해라!"

"작별이야, 미캉. 보라오니에게 붙잡히는 게 그나마 행복했을지도 모르겠네……."

이제 게임의 엔딩이 가까워졌을 거야. 라스트 스퍼트도 힘내자!

에에라이 짱에게 달려드는 다음 관문은, 직선상에서 한 순간에 거리를 좁혀오는 보라오니의 아종이다.

겉보기에는 대단히 납작한 판 같은 괴물이라서, 공기저항을 정면으로 받을 테지만 그건 신경 쓰지 마!

"슈와 짱 선배. 이 녀석은 이름이 뭔가요랍니다? 겉보기에는 풀장에서 어린애나 수영 못하는 사람이 쓰는 그거랑 비슷해요랍니다."

"비트판 말이야?"

"그래요! 그거랍니다~."

“그럼 이름은 비트판다 같은 거면 되지 않아?”

“크○판다처럼 말하지 마세요랍니다! 호○맨 세계에 이런 괴물은 없었어랍니다!”

“개인적으로 최애는 섹균맨입니다.”

“그건 어디 사는 뭐 하는 놈인가요랍니다?! 한 끗 차이로 성병 같은 이름이 되어버렸답니다!”

“팡팡맨, 새로운 수컷이야! 팡팡! 맨이 팡팡하니까 팡팡맨이 되어버려어어어어엇!!”

“이 녀석, 정말로 머리가 괜찮은 걸까요랍니다…….”

: 머리가 이상해졌다(한참 전부터)

: 즉시 함락 2컷 만화 소녀가 최애입니다.

: 통팥맨이랑 으깬팥맨이 싸우는 에피소드가 좋아.

: 마지막에 둘이 합체해서 양갱맨이 된 것엔 감동했지.

: 너희들은 대체 무슨 말을 하는 거냐……?

: 요즘 채팅창이 폭주하는 걸 보면서 생각한 건데, 리스너는 스트리머를 닮는구나.

: 근데 번장, 평범하게 잘 피하고 있네.

채팅에서 말한 것처럼, 뒤쪽의 게임 화면에서는 에에라이 쨩이 조종하는 히로키가 능숙하게 적의 정면을 피하여 공격을 피해내고 있었다.

이미 게임도 종반 중에서도 종반. 생사를 건 수많은 항쟁 속에서 성장한 번장에게는 별것 아니었던 모양이다.

완벽하다고 할 수는 없지만, 그녀는 침착하게 잘 피해서 도망치는 데 성공했다.

"잘 했어, 에에라이 쨩! 이제 곧 탈출이야!"

"진짜인가요랍니다?! 드, 드디어 이 지옥이 끝난다…… 눈물이 나올 것 같답니다."

"울고 있을 때가 아냐! 자, 보라오니가 온다! 도망쳐~ 도망쳐!"

보라오니가 마지막까지 집요하게 덤볐지만, 따라온 것은 고작 통상 개체. 지금의 에에라이 쨩에겐 적수가 못 된다.

여유작작한 기색으로, 마치 이쪽이 가지고 노는 것처럼 에에라이 쨩이 도망치기 시작했다.

하지만 에에라이 쨩? 사실 이 게임의 마지막에 등장하는 보라오니는 말이야…… 둘이서 한 세트거든.

히로키의 도주 경로에 모습을 드러낸 것은 과거의 친구, 타쿠미였다.

마지막의 마지막에 재회하다니, 이렇게 기쁜 일이 또 있을까? —뭐, 그가 역겨운 보라오니로 변해버리지 않았다면 말이다.

"아아아아아악——!!"

에에라이 쨩이 외친 소리는 너무나 어벙하고, 비장하며, 너무나도 침팬지를 닮았다.

아름다울 정도로 치밀한 두 보라오니의 협공에, 어쩔 도리가 없이 히로키는 목숨을 잃고 말았다.

: 목소리가ㅋㅋㅋ

: 지금 그 소리, 어디서 나온 거야?

: 큰긴팔원숭이의 울음소리랑 똑같았어.

: 고함 소리의 베리에이션이 풍부하군.

"야, 지금 나를 큰긴팔원숭이 케이지 군[#25]이라고 말한 녀석은 사무소로 얼른 튀어나와라."

"하다못해 사무소가 아니라 동물원이라고 하자. 그리고 개체까지 지정하지는 않았어."

아무래도 보라오니가 둘로 늘어 익숙하지 않은 만큼 돌파하기 힘든지, 그녀는 다시 수많은 게임 오버를 쌓게 되었다.

"퍽큐~! 퍽큐빽큐우!(탕탕탕!)"

"지, 진정하십쇼, 번장! 이제 나이가 드셨으니 몸에 안 좋습니다!"

"어이, 지금 누가 나 보고 늙은이라고 했어?"

"케이지 군입니다."

: 야ㅋㅋ

: 이렇게 뻔뻔하게 뒤집어씌우는 것도 좀처럼 보기 어렵지.

: 카이지 군, 너의 용감한 모습은 잊지 않을게.

#25 케이지 군 큰긴팔원숭이는 목에 풍선 형태의 울음주머니가 있어 크고 멀리 울부짖는다. 나고야의 히가시야마 동식물원에서 만날 수 있는 큰긴팔원숭이 케이지 군은 성인 남성이 「아아아악!」 하는 비명과 닮은 울음소리를 내 화제가 되었다.

: 용감한 모습을 기억하기 전에 이름부터 제대로 기억해 주길.

: 지정동물 애호단체, 에에라이 구미.

너무나도 손쉽게 끊어지는 히로키의 목숨. 마지막 파트라 그런지, 적도 진심이다.

그러다 문득 그 순간이 찾아왔다.

또다시 협공을 당하던 중, 이번에는 간발의 차이로 보라오니의 측면을 빠져나간 에에라이 쨩.

그대로 발을 멈추지 않고 도주로를 발견해 탈출구로 탈출! 그대로 히로키는 두 번 다시 돌아보지 않고 서양 건물을 떠났다.

게임 클리어— 벌칙 종료다.

“끄, 끝났어……?”

“축하해, 에에라이 쨩! 틀림없이 이걸로 끝이야.”

“해냈다…… 길었다아…….”

: 8888

: ¥50,000

: 담판을 지었네. 멋지다.

: 축하해~!

: 엄청나게 찐한 시간이었다.

“자, 그럼…… 에에라이 쨩?”

“네? 왜 그러시는 거랍니다?”

"내일부터 힘내☆"
"앗—."
쐐기를 박는 나의 말에, 이 방송을 하기 전까지는 여태 번장 모드의 그림자도 비추지 않았다는 것을 떠올렸으리라. 카탓타는 지금도 축제 분위기다.
그렇게 마지막의 마지막까지 에에라이 쨩의 절규가 울려 퍼진 방송이었다.

코코로네 아와유키 쟁탈전

어느 날 오전. 나는 방송 플랜을 생각하다, 틈틈이 휴식 시간에 카탓타의 타임라인을 보고 있었다.
최근에는 라이브 연습과 방송을 동시에 하다 보니 조금 바쁜 나날이 이어져서, 별것 아닌 이 시간이 사랑스럽다.
타임라인에는 라이브온 멤버의 카타리가 산더미처럼 쌓여 있다. 같은 사무소의 라이버이지만, 라이브온의 팬이기도 한 나로서는 이걸 보는 것도 즐겁단 말이지.
"응? 내 얘긴가?"
뒹굴뒹굴하며 얼빠진 표정으로 화면을 스크롤하고 있었는데, 문득「아와유키」라는 이름이 보인 것 같아 손이 멎었다.
글을 쓴 건…… 아리스 쨩이다.
【소우마 아리스@라이브온 아와유키 공 찐팬】

아와유키 공과 가장 궁합이 좋은 라이버는 바로 저입니다!

왜냐하면, 사랑이 있으니까!

저는 아와유키 공이 바라는 것이라면 뭐든지 할 수 있지 말입니다.

아와유키 공을 위해서라면 생선 가시를 모두 발라낸 다음 머리를 쓰다듬으며 칭찬받거나, 짚신을 낼름낼름해서 데워 두고 키스를 받거나, 목욕하면서 전신을 만지작거리며 씻어 준 다음에 S○X를 하거나, 뭐든지 할 수 있는 것입니다!

"자신이 얼마나 헌신적인가 어필하고 있는 것 같지만, 칼같이 대가를 요구하잖아…… 그리고 짚신을 핥은 입이랑 키스하기는 싫어……. 마지막에 이르러선 아리스 쨩이 하고 싶은 것뿐이 아닐까?"

무심코 방송 때의 텐션으로 태클이 입 밖으로 튀어나왔다.

여기까지는 평소의 아리스 쨩이구나~ 하고 말았는데, 해당 카타리에 답글로 다른 라이버가 참가해 있는 걸 깨달았다.

【이로도리 마시로@라이브온】

풉.

이건…… 마시롱?

고작 한 문자의 카타리라서 처음엔 나도 진의를 파악하지 못했지만, 아리스 쨩은 무언가 느낀 건지 리플이 이어졌다.

【소우마 아리스@라이브온 아와유키 공 찐팬】

나타났구나, 내 연적! 스스로 찾아오다니 배짱이 좋지 말입니다! 오늘이야말로 아와유키 공을 내 손으로 되찾을 겁니다!

“처음부터 아리스 쨩의 소유물이 아니거든~.”

【이로도리 마시로@라이브온】

그런 욕망이 가득한 카타리를 하는 사람이 무슨 말을 하는 걸까? 아와 쨩이 보면 기겁할지도 모르는데?

【소우마 아리스@라이브온 아와유키 공 찐팬】

입 다무는 겁니다, 이 도둑고양이! 지금 그건 그저 망상이니까, 아와유키 공에게라면 『괜한 짓 좀 하지 마, 이 망할 것아』라는 말을 들어도 좋은 겁니다!

아니, 오히려 포상이지! 더 매도해 주세요, 부탁드립니다!

【이로도리 마시로@라이브온】

괜한 짓 좀 하지 마, 이 망할 것아!

【소우마 아리스@라이브온 아와유키 공 찐팬】

마시로 공이 말해줬으면 하는 게 아닌 겁니다!!

아와유키 공의 말이기에 포상이 되는 것이지, 저는 평범한 M인 게 아닌 것입니다!

【히루네 네코마@라이브온】

망할 고양이라고 부른 것 같아서 등장.

【이로도리 마시로@라이브온】

그렇게 부르면 오는 거군요. 그리고 안 불렀어요.

【소우마 아리스@라이브온 아와유키 공 찐팬】

그렇지, 네코마 선배! 다음에 아와유키 공의 재채기 소리 영상 컬렉션을 만드는 걸 도와주시지 않겠습니까?

【히루네 네코마@라이브온】

냐냥! 멋진 망겜의 초대로군! 기꺼이 협력할게!

【소우마 아리스@라이브온 아와유키 공 찐팬】

응? 지금 망겜이라고 말한 겁니까? 아와유키 공의 클립 영상 만드는 걸 망겜이라고 한 겁니까? 말한 거 아니지 말입니다? 이 세상 최고 갓겜에 그런 말을 하는 건 아니지 말입니다, 네코마 공? 응? 응? 응?

???????????????????????????????????????

【히루네 네코마@라이브온】

아와유키 쨩은 신, 이견은 인정 안 한다.

【소우마 아리스@라이브온 아와유키 공 찐팬】

역시 네코마 공! 잘 알고 있는 겁니다!

【히루네 네코마@라이브온】

냐냥, 위험했다~. 세기의 망겜 플레이 체험을 놓칠 뻔했어.

【이로도리 마시로@라이브온】

바보들뿐이야.

"이 사람들은 왜 카탓타에서 난투를 하는 거지?"

당사자를 제쳐두고 서로의 멱살을 잡는 두 사람+야생 고양이 한 마리에 무심코 쓴웃음이 나왔다.

어…… 거기다 여기서 끝인가 싶었는데 더 이어지잖아…… 이번에는 아리스 쨩이 덤벼드는 모양이다.

【소우마 아리스@라이브온 아와유키 공 찐팬】

애당초 마시로 공은 아와유키 공에게 실례인 겁니다!

아와유키 공이 옳다 하면 옳다, 아니다 하면 아니다. 안겨라 하면 「아와유키 공은 항상 그런 식이죠……![#26]**(환희)」라고 대답한다.**

그것이 사람으로서의 도리라는 게 아닙니까?!

"아니거든요~."

얘는 제발 도덕을 초등학생 시절부터 다시 배웠으면 좋겠어.

【이로도리 마시로@라이브온】

뭐든지 억지를 들어주는 게 그 사람을 위한 거라고는 할 수 없어.

나는 아와 쨩을 생각해서 일부러 냉랭한 대응도 하는 거야.

그게 절친이고, 동기이고, 모녀인 나와 아와 쨩의 인연이지.

뭘 자연스럽게 그런 부끄러운 말을 하는 거야, 마시로오오오옹—?!?!

가끔 생각하는 거지만, 마시롱은 쿨하게 보이지만 다른 사람들이 얼굴 붉힐만한 말을 자연스럽게 내뱉으니까 엄

#26 항상 그런 식이죠……! 만화 「좀비가 넘치는 세상에서 나만이 습격당하지 않는다」의 패러디. 좀비에게 습격당하지 않는 주인공 유스케는 일방적으로 자신에게 식량을 요구하는 여고생 미츠키의 태도에 불만을 품고 「안겨라」고 말한다. 이에 그녀는 얼굴을 붉히며 「남자들은 항상 그런 식이죠…!」라며 대꾸하는데, 이 장면이 온갖 장르에서 패러디되며 인기를 끌었다.

청 심장에 안 좋아!

인연이라니이이…… 후오오오오오오오오오—!!!!

【소우마 아리스@라이브온 아와유키 공 찐팬】

끄아아—!! 승리를 뽐내는 태도가 마음에 안 드는 겁니다!

동기가 아닌 것에 나 자신이 원망스럽다…….

하지만 처음에도 말한 것처럼, 사랑이라면 전혀 지지 않는 것입니다! 사랑은 모든 것을 극복한다! 역시 아와유키 공의 섹파는 저로 정해진 것입니다!

【이로도리 마시로@라이브온】

그러세요.

【소우마 아리스@라이브온 아와유키 공 찐팬】

잘못 말했다. 아와유키 공의 딸감은 저로 정해진 것입니다!

【이로도리 마시로@라이브온】

그러세요.

이 녀석들, 날 가지고 놀고 있어…….

【이로도리 마시로@라이브온】

아리스 쨩. 그렇게 아와 쨩의 첫째가 되고 싶으면, 본인한테 판단을 구하면 되잖아.

어, 어라? 흐름이 이상한 방향으로 나아가는 것 같은데?

【소우마 아리스@라이브온 아와유키 공 찐팬】

……라고 하신다면?

【이로도리 마시로@라이브온】

다음에 셋이 합방해서, 어느 쪽이 아와 쨩에게 걸맞은 인재인지 여러 가지 방면으로 시험해보자.

본인의 말보다 확실한 건 없어. 아와 쨩이 옳다고 하면 옳다고 아리스 쨩도 아까 말했었지?

【소우마 아리스@라이브온 아와유키 공 찐팬】

오호! 그 제안, 적이지만 훌륭한 겁니다!

그 싸움, 받아들이겠습니다!

아와유키 공의 정처로 선택되는 건 반드시 저인 겁니다!

【이로도리 마시로@라이브온】

그래그래. 그러면 다음에 또 봐~.

그 수수께끼의 자신감을 확 꺾어줄 테니까.

"후후훗……."

참으로 사이좋아 보이는 대화를 보고 있으니, 무심코 하늘을 바라보며 부드러운 웃음소리가 흘러나왔다.

다들, 잘 봤지? 당사자가 전혀 모르는데 콜라보 예정이 잡힌다. 이게 라이브온이란다―.

그리고 얼마 뒤.

"안녕~ 콘마시로~. 이로도리 마시로, 마시롱이야."

"소우마 아리스, 현 시간부로 등장했습니다!"

"……."

"왜 그래, 아와 쨩? 얼른 인사해야지?"

"이만 돌아가도 될까요?"

"안 되는 겁니다! 아와유키 공은 오늘의 주역이니까, 안 계시면 본말전도인 겁니다!"

"그러신가요……. 음……, 오늘 밤은 담설이 내리고 말았군요. 코코로네 아와유키입니다."

—당연한 것처럼 콜라보 방송이 시작되고 말았다.

아아, 뭐…… 그러고 나서 실제로 합방 권유가 와서, 내가 승낙한 거긴 한데.

그야, 저도 싫지는 않다니까요. 네에……. 좋은 방송 소재를 제공해준 걸 생각하면 정말로 고마운 일이니까요. 하지만 뭐라고 해야 할까. 어떤 텐션으로 방송을 하면 좋을지 잘 모르겠단 말이죠, 이 기획…….

"나랑 아리스 쨩의 카탓타를 본 사람이라면 대략적인 흐름을 알고 있을 거라 생각하지만, 오늘은 둘 중 어느 쪽이 아와 쨩에게 걸맞은가 승부를 겨루려고 해."

"질 수 없는 싸움이 시작된 것입니다……. 아와유키 공에 대한 구혼을 가로막는 최대의 벽. 오늘은 산산이 무너뜨려 버리겠습니다!"

"그렇다고 해요……."

"어라라? 무슨 일입니까, 아와유키 공? 아까부터 텐션이 이상합니다만…… 앗! 그런 것입니까!"

"오, 아리스 쨩. 이해해줬나요?"

"『오늘의 주역』 어깨띠가 가지고 싶은 것이지 말입니다! 지금 당장 준비를 하는 겁니다!"

"아니! 필요 없어, 필요 없어! 전~혀 필요 없어!"

아아, 정말로 시작되고 마는구나…….

"왜 그래, 아와 쨩? 이렇게 귀여운 여자애 둘을 거느리고 있으니까 더 기뻐해야지."

"그런 식으로 말하지 말아줘요……. 저기 말이죠, 뭔가…… 어, 제 포지션 이상하지 않아요, 이거? 누군가 저를 필요로 할 정도로 전 잘난 인물도 아니고, 해석 차이라는 거죠."

"그렇지. 처음부터 아와 쨩은 내 거니까."

"아와유키 공은 세상에서 제일 잘났습니다!"

"아니, 들어봐요. 벌써 이 시점에서 마구 냄새가 난다구요! 아리스 쨩은 제쳐두고, 마시롱은 재미를 추구하고 있구나~. 이 상황에서 내가 부끄러워하는 걸 즐길 셈이구나, 하고! 그도 그럴게, 평소에 마시롱은 그런 말 안 하잖아요! 어딘가 목소리도 싱글거리고!"

"얘 왜 이러니, 아와 쨩! 나는 아와 쨩이랑 가장 궁합이 좋은 건 나라는 걸 이 계집에게 보여주는 것과 동시에 부끄러워하는 아와 쨩을 놀리고 싶다. 그리고 일상에서의 슈와 짱 무브에 앙갚음을 하고 싶다. 그것뿐이야."

"역시 다른 뜻이 있었군, 이 악취미 여자! 동기를 웃음거리로 삼으니 즐겁냐! 어차피 그 인연이라고 말했던 카타리도 나를 놀리고 싶었던 것뿐이죠?!"

"응? 아니, 그건 진짠데."

"응?"

"앗—."

"""…………."""

"저를 내버려 두고 러브 코미디 찍지 마아아아아아아아아아아아아알라는 말입니다!!"

: 찐 하렘 러브 코미디 주인공, 아와 짱.

: 엄청 부럽잖아! 나도 직장에서 스○○로 마시고 폭주하면 하렘이 펼쳐지지 않을까?

: 역하렘은 가능하지 않을까? 주변에 누구 한 사람 남지 않는다는 의미에서 역이지만.

: 아와마시 콤비, 심쿵사.

: 의외로 독점욕 넘치는 마시롱, 짱 좋아.

: 마시롱은 어떤 때든 아와유키 짱에 대한 사랑이 가득한 게 보여서 좋아.

: 츤데레처럼 보이지만, 본인도 그건 숨기질 않으니까.

: 어째서 이 두 사람은 이런 것 때문에 다투는 거지……?

: 스○○로 신상품이 한 캔 한정으로 판매된다고 하면 쟁

탈전이 벌어지지 않겠어? 똑같은 거야.

: 알 것 같으면서 모르겠는 예시는 들지 마.

: 3P 하면 전부 해결될 거라고 생각합니다.

: 욕망으로 가득 찬 평화주의자.

: 멋져!

: 세이 님의 동족.

: 멋없네.

: 백합 좋아(성적인 의미로).

: 멋져!

: ㅋㅋㅋ

"어, 어흠! 뭐 그렇게 됐으니까. 저는 그다지 내키질 않는단 말이죠."

"그럼 스ㅇㅇ로 마시고 슈와 쨩으로 오지 그랬어?"

"두 사람이 마구 폭주할 테니까 옆에서 열심히 태클을 걸려고 참고 있는 거잖아요!"

"아와유키 공, 저를 위해 그렇게까지 생각해 주다니……."

"우와아…… 무거운 사랑이라는 추상적인 표현을 지금 완벽히 이해했어요……."

: 아와 쨩이 아리스 공한테 벌써부터 기겁하고 있네ㅋㅋ

: 아와 쨩, 장하다 장해.

: 레모네이드 양, 힘내.

: 아와 쨩은 레모네이드인 거냐고ㅋㅋ

: 알코올 성분이 빠졌으니까…….

: 처음에는 알코올의 개념조차 없었을 텐데, 어쩌다 이렇게 된 걸까.

“우우우…… 이런 건 내 캐릭터가 아냐. 나는 굳이 따지자면 필요로 하는 쪽이 아니라 갈구하는 쪽이었을 텐데. 슈와슈와가 되어 마구 난장판을 치고 있었을 텐데에!”

“익숙하지 않은 자리에 동요해서 부끄러워하는 아와유키 공이 너무 귀여운 것입니다. 팬티를 벗는 것이지 말입니다.”

“방송에서 슈와로 한 발 뽑는 건 그만두시면 안 될까요?”

“지금은 아와뽑입니다.”

“그런 문제가 아니고!!”

“저는 좋아하는 사람의 삶을 본받아, 멋진 것을 보았을 때엔 솔직하게 말과 행동을 실천하기로 결심했지 말입니다. 오직 그뿐입니다.”

“굉장하네요! 이렇게 그럴듯한 말을 하면서 하는 짓은 팬티를 벗으려는 거잖아요! 대체 누가 그녀를 이렇게 바꿔 버린 걸까요?!”

“아와 쨩이야.”

“정말로 죄송합니다아아!!”

이제 글렀어! 정말로 내 텐션이 미아가 됐어! 꽤 오랜 기간 라이버로 활동했지만, 이런 방송은 처음이야!

진정해라…… 진정해……! 찐으로 사랑이 너무 무거운

아리스 쨩과, 평소의 앙갚음을 위해 여러 의미로 나를 죽이러 오는 마시롱. 이 두 사람을 상대하려면 초반부터 이래서는 몸이 못 버텨…….

"후우…… 애당초 말이죠. 이건 저의 무엇을 겨루는 방송인가요? 대체 뭘로 승패를 정해야 할지 저는 모르겠는데요."

"그건 말이야. ―나도 몰라."

"어……."

"저도 전혀 모르지 말입니다!"

"두 사람, 알고 있나요? 계획을 세운다는 것은 꽤 중요하거든요? 막무가내로 시작해서 일이 제대로 굴러가는 경우는 그리 쉽게 일어나지 않아요."

"아와 쨩, 요전에 안건……."

"아와유키 공, 방송 종료 깜빡……."

"Wow~. 앞으로 라이버 이름을 부메랑맨으로 바꾸는 게 좋을 것 같네요."

: 이렇게 주춤거리는 아와 쨩은 보기 드문데! 오길 잘했다!

: FC3 라이브챗 방송이라길래 왔습니다.

: CF 라이브챗 방송이라길래 왔습니다.

: CF[#27]라면 모 레이서라든가 펀치라든가나 런치 소개를 하는 사람의 라이브챗이 되잖아.

#27 CF 게임「F-ZERO」 시리즈의 등장 캐릭터, 캡틴 팔콘. 직업은 레이서. 필살기는 팔콘 펀치. 캡틴 팔콘이 먹는 점심이라며 소박한 점심 메뉴 사진을 올리는 컨셉의 「팔콘 런치」라는 SNS 계정이 있다.

: 가버릴 땐 「팔콘 피니쉬」라고 외칠 듯.

: 부메랑맨인가. 7, 80년대의 히어로 중에 있을 것 같은데.

: 아와유키 쨩의 머리에 달린 하얀 게 사실은 부메랑이었다는 게 트루?

: 귀엽기 짝이 없는 외모로 부메랑맨은 무리잖아.

: 알맹이는?

: 부메랑.

: 이제는 의인화라고 해주지도 않게 되다니…….

"뭐, 나는 어떤 걸로든 신인 따위한테 질 리가 않지만 말이야."

"크윽……! 또 도발을 하다니이!! 그렇다면 채팅창을 보고 정하는 겁니다! 리스너 공 여러분, 저희들에게 아와유키 공에 대한 퀴즈든 뭐든 내주는 거지 말입니다!"

"저희들은 나날이 리스너 여러분 덕분에 활동하고 있습니다. 언제나 정말로 감사합니다."

이 전개에 나는 무심코 고개를 숙여버리고 말았다.

: 에이, 뭘 이런 걸로.

: 조금 우쭐거리는 마시롱, 귀여워…….

: 아직 후배랑 얽히는 게 신선하니까. 선배가 돼서 기쁜 거겠지요.

: 마시롱, 완전 귀요미!

: 쿨하게 보이지만 그냥 귀여워.

: 아와 쨩은 목욕할 때 어디서부터 씻을까~요?

"앗, 이 채팅인 겁니다! 우선 아와유키 공의 목욕 퀴즈로 승부를 내는 것입니다! 아와유키 공을 사랑한다면 맞출 수 있을 터!"

"좋은걸. 나도 그거면 돼."

"자~ 둘 다 스톱."

"응? 왜 그래, 아와 쨩?"

나는 당연하다는 흐름으로 진행하려는 두 사람을 냉정하게 막았다.

"퀴즈 방식으로 할 거라면, 자연스럽게 정답도 필요해지잖아요?"

"그야 해답이 없는 퀴즈는 리스너 여러분도 성에 안 찰 테니까, 필요한지 아닌지를 따지면 필요하지."

"왜 제가 이렇게 대중 앞에서 몸 씻는 순서를 폭로해야 하는 건가요?!"

"저한테만 가르쳐줘도 괜찮지 말입니다?"

"정말로요? 아니, 아리스 쨩에게 알려지는 것도 어쩐지 위험한데요. 그러면 그쪽에서—."

"아니. 잠깐 기다려, 아와 쨩."

"네?"

"이 세상엔 말이야. 『숨겨서 야릇해진다』라는 게 있어. 일부러 대답을 회피하면 거기에 망상이란 요소가 더해져서,

『대답하지 않았다는 건 말할 수 없는 엉큼한 짓이라도 하는 걸까…… 헉?!』 하고 생각하는 사람들이 나타나는 거야.”

“뭐, 뭐라고요?!”

“그러니까 아와 짱. 여기서 평범하게 대답하는 편이 좋은 결과가 될 수도 있는 거야. 아니면…… 정말로 엉큼한 짓이라도 해……?”

“아, 알겠어요! 대답할게요! 하면 되잖아요, 한다구요! 그야말로 정면에서 당당하게, 티끌만큼의 오해도 생기지 않도록 대답해 주겠어요!”

“해냈지 말입니다!”

: 나이스 마시롱!

: 역시 아슬아슬한 라인의 센시티브 일러스트에 목숨을 불태우는 여자다워.

: 본격 소악마 모드의 마시롱, 파괴력 장난 아닌데?

: 슈와 쨩에게는 차갑지만, 아와 쨩에게는 팍팍 밀어붙이는 마시롱 최고야!

: 본인에겐 절대 말 안 할 거지만, 죽을 만큼 신경 쓰인다.

: 저, 신경 쓰여요![#28]

: 스○○로의 품질 관리 정보, ㄱㅅ합니다.

: 해냈어!

#28 저, 신경 쓰여요! 요네자와 호노부의 작품 「빙과」에서 등장하는 치탄다 에루의 대사. 호기심이 왕성한 그녀를 대표하는 대사로, 국내에서도 일본식 발음인 「와타시, 키니나리마스!」가 인터넷에서 유행했다.

: 이야깃거리가 나와 기대를 부추긴 이상, 안 한다는 선택지를 없애버린 아와 쨩은 정말 대견해.

: 그걸 깨닫다니. 네 놈, 천재인가?

……응. 채팅창은 무시하자.

"뭐~ 나는 아와 쨩에 대해서라면 뭐든지 아니까. 그쪽부터 대답해 보세요, 아리스 쨩?"

"마시롱은 정말로 뭐든지 알고 있을 것 같으니까 그렇게 말하면 무서워요."

"뭐든지 아는 건 아냐. 아와 쨩에 대한 것뿐이야.[#29]"

"그거, 이렇게나 가슴이 철렁하는 대사였던가요?"

"아와유키 공을 유혹하다니, 이렇게나 파렴치한 여자가 있지 말입니다! 그 여유, 완전히 꺾어 주겠지 말입니다! 이쪽은 아와유키 공의 자택에 몰래카메라를 산더미처럼 설치한 몸. 질 수는 없는 겁니다!"

"자, 스톱."

"네! 생명 활동을 일시 정지하는 것이지 말입니다."

"아와 쨩, 하다못해 아리스 쨩이 숨은 쉴 수 있게 해주지 않을래? 나도 같이 사과할 테니까. 부디 미래가 창창한 소녀의 목숨까지 빼앗지는 말아줘."

"어째서 제가 무슨 강압적인 태도를 취한 나쁜 녀석이

#29 뭐든지 아는 건 아냐. 아와 쨩에 대한 것뿐이야. 니시오 이신의 작품 「이야기」 시리즈에 등장하는 하네카와 츠바사의 대사를 패러디. 모르는 게 없는 그녀를 보며 매번 감탄하는 주인공의 칭찬을, 하네카와가 받아칠 때 빠지지 않는 대사이다.

된 건가요?! 아무도 호흡까지 멈추라고는 안 했어요!"

의문의 콤비네이션을 보이는 두 사람에게 휘둘리면서도, 나는 억지로 대화의 흐름을 수정했다. 방금 아리스 쨩이 흘려듣을 수 없는 말을 했다니까.

"아리스 쨩. 내 집에 몰래카메라 설치했어?"

"360개 설치한 것입니다."

"음청나네에……. 내 집이 사실상 전면 유리벽이잖아?"

"목욕탕에 360개 배치해 둔 것입니다."

"좀 분산시켜! 배치 방법이 이상하잖아! 내 나체를 얼마나 보고 싶은 거야?! 몰래카메라라는 건 분산시켜야 여러 곳을 찍을 수 있고, 찾기도 어렵거든요!"

"왜 몰래카메라의 배치를 어드바이스하는 거야? 아와 쨩, 혹시 그런 성적 취향이었어?"

"아니야! 이 바보가 목욕 타일 한 장 한 장에 카메라를 설치한 수준의 기행을 하니까 태클을 걸지 않을 수 없었다구요, 한 명의 라이버로서!"

"자기 몸의 위험보다도 태클을 우선한다. 완전 직업병이네."

: ㄹㅇㅋㅋ

: 오호, 이것이 최근 나온 360도 카메라란 거군요.

: 최고로 머리가 나빠서 좋아.

: 오히려 그만큼 설치하고 지금까지 안 들킨 게 굉장해.

: 음청나네에~(청초)

: 전면 유리벽이 아니라 역 매직미러호[#30]인데요?

: 역 매직미러호ㅋㅋㅋ

"뭐, 물론 농담이지 말입니다!"

"그야 그렇겠죠. 사실이었으면 어쩌나 했어요. 애당초 주소도 모를 거고."

"최애를 방해하지 않는 것, 그것이 팬의 제1 규칙인 겁니다!"

"마음가짐이 좋네. 뭐, 나는 아와 짱한테 장난도 많이 치고, 제일 절친이라는 입장에서 나날이 꽁냥꽁냥하고 있지만."

"카메라 사 오겠습니다."

"장난으로 남의 집에 카메라 360개나 설치하는 녀석이 어딨어! 마시롱도 부추기지 마! 얘는 진심이 되면 정말로 뭘 저지를지 모르는 애니까!"

"미안해, 쏘리."

아아아, 어쩐지 벌써 지쳤다. 술 마시고 싶어. 술을 마시고 모든 것을 내려놓고 싶어…….

"좋아! 그러면 대답을 하는 것이지 말입니다! 제가 아와유키 공을 가장 이해하고 있다는 것을 증명해낸다! 아와유키 공이 목욕할 때 제일 처음 씻는 장소는 분명히, 다리입

#30 매직미러호 일반 거울에 붙이는 금속을 얇게 만든 단방향 투과성 거울을 외벽에 설치해, 밖에서 보면 안쪽이 보이지 않으나 차량 내부에서는 외부가 보이도록 만든 트럭 등을 말한다. 성인용 영상에서 가끔씩 등장한다.

니다!"

"호오~. 그렇다는데, 아와 짱? 어때?"

"저기…… 틀렸어요."

"죽고 오는 것이지 말입니다."

"지금 죽으면 제가 사망 원인으로 보도될 테니까 봐주세요."

"진정해, 아리스 짱. 그런 일도 있는 법이야."

: 다리는 아니지. 애당초 달려있지 않잖아.

: 역시 레몬부터인가? 아니지, 숫자부터?

: 혹시나 해서 묻는 건데, 스○○로 캔 이야기를 하고 있나요?

"아, 아직입니다! 아직 졌다고 정해지지 않았어! 마시로 공도 대답을 하는 것입니다! 여기서 틀리면 비기는 것입니다!"

"그래그래. 내 답은 머리야."

"아, 정답이에요! 마시롱, 굉장하네요!"

"죽고 오는 것이지 말입니다."

"아와 짱이 방금 했던 말을 그대로 따라 할게요."

역시 마시롱! 설마 이렇게나 간단히 맞히다니!

……어라? 하지만 문제가 문제인 만큼, 맞힌 것도 좀 무서운데?

"마시롱…… 설마 내 집에 몰래카메라를?!"

"아니야. 요전에 하룻밤 자고 갔을 때 같이 목욕했잖아."

"아, 그랬지……. 아니, 잠깐! 간단히 맞췄다면 제가 몸을 씻는 걸 가만히 보고 있었다는 거잖아요! 마시롱, 엉큼해!"

"그렇지만 예쁜 건 보게 되잖아."

"으갸아아아아아아아아아!! 다다다다달콤한 말을 해서 얼버무리려고 해도 그그그그렇게느느느느는— 아아아아—!!"

"효과 엄청 좋네."

"아와유키 공! 저는 더 엉큼합니다!"

"그런 걸로 경쟁 안 해도 돼!"

: 마시롱이 여러 의미로 강하다…….

: 아리스 쨩은 생각하는 게 매번 조금씩 삐딱해서 웃겨ㅋㅋ

: 라이버가 된 이유조차 상식을 벗어났긴 했지…….

: 머리부터 씻는구나…… 번뜩였다!

: 뭐가?!

: 그날 오프 방송은 좋았지~.

"그리고! 정답을 이미 알고 있는 건 치사합니다, 마시로 공! 이런 건 반칙인 겁니다!"

"목욕탕 문제로 하자고 정한 건 그쪽이잖아. 어쩌다가 특기 분야가 나온 것뿐이야."

"으기기기기긱…… 아와유키 공은 어떻게 생각하는 겁니까?

"어, 저 말인가요? 으음~. ……역시 두 사람 다 정답을 모르는 문제가 공평하다고 생각해요."

“역시 아와유키 공입니다. 그렇게 됐으니 새로운 문제를 생각하는 것입니다!”

“어쩔 수가 없네에~.”

고맙게도 다시 문제를 적어주는 채팅창.

나도 알맞은 것이 없을까 집중해서 보고 있었는데, 처음으로 소리를 낸 것은 마시롱이었다.

: 아와 쨩의 최근 고민은?

아무래도 이 채팅에 마시롱은 감이 딱 온 모양이다.

“역시 아와 쨩이 괴로울 때 지탱해줄 수 있어야 진정한 파트너라고 생각한단 말이지.”

“호오! 가끔은 좋은 말을 하지 말입니다, 마시로 공!”

“건방진 후배네. 말도 못 할 내용의 동인지로 만들어줄까?”

“부디 아와유키 공과 세트로 부탁하는 것이지 말입니다!”

“이 후배, 일말의 흔들림도 없어.”

그렇게 둘이서 사이좋게 이야기하는 가운데, 나는 내 고민거리에 대해 생각했다.

최근에 하는 고민이라. 뭔가 있었나……?

……앗!

문득 지금 상황에 딱 맞는 고민이 머리에 떠올랐다. 이거라면 될 거야.

“어때? 아와 쨩, 괜찮겠어?”

“네! 지금 정말로 마구 하는 고민이 있어요! 게다가 두 사람이 모르는 고민이에요!"

"오오! 아와유키 공의 방송을 발언 하나하나 망라하고 있는 제가 모르는 고민이라니, 역시 아와유키 공! 나날이 향상심을 잊지 않는 것이지 말입니다!"

"정말로? 나는 오프에서도 많이 대화하는데, 그래도 몰라?"

"네. 아주 완벽해요. 자, 와 봐라!"

자신만만한 내 모습을 보고, 신기하다는 반응과 동시에 생각하기 시작한 두 사람.

고민이 있는데도 자신만만하다는 건 이상한 얘기일지도 모르지만, 그 고민을 떠올린 것으로 나는 반대로 승리를 확신한 기분이었다.

"어~ 뭘까……. 요전에 슈와 쨩일 때 『귀엽다』는 채팅을 보면 기쁘다고 했으니까, 귀엽다는 말을 더 많이 듣고 싶다?"

"아, 아니~ 아하하하. 그건 아니에요~, 아하하하……."

"아! 그러면 요전에 만든 요리를 시청자들에게 칭찬 받고 싶어서 귀여운 접시를 찾는다고 했으니까, 그건가! 어라? 하지만 나도 들은 적 있는 고민이니까 아니겠구나. 미안미안."

"마시롱! 일부러 그러는 거죠?! 어째서 그런 부끄러운 이야기를 폭로하는 거예요!!"

: 이 귀여운 생물은 뭐지?

: 아와 쨩도 슈와 쨩도 귀여운 게 당연하잖아!

: 마시롱은 아와유키 찐팬의 구세주.

: 슈와 쨩, 귀여워!

: 요리 사진 기다릴게요.

거봐, 어쩐지 채팅창의 분위기가 단숨에 바뀌었잖아! 리스너도 다들 분위기를 너무 잘 타!

하아…… 얼굴이 뜨거워…….

"자! 다음은 아리스 쨩이에요! 내 고민, 뭐라고 생각해요?"

"상당히 어렵지 말입니다……. 수도꼭지에서 스○○로가 나오지 않는 걸까요?"

"물러, 아리스 쨩. 아와 쨩 집에선 이미 나와."

"그것은 미처 몰랐지 말입니다……."

"아냐! 안 나와, 안 나와요. 스○○로는 그 반짝반짝한 캔에 입을 대고 마시는 게 마치 입맞춤 같아서 참을 수가 없는 점이 있으니까, 그건 아니에요."

"지적하는 부분이 치명적으로 잘못됐어."

"이건 대단히 실례했습니다. 아와유키 공의 스○○로에 대한 사랑을 얕보고 있었지 말입니다."

"미안해요. 지금 제정신으로 돌아왔어요. 방금 한 말은 전력으로 잊어 주세요."

방심하고 있던 탓에 이상한 말을 해버렸어! 더 창피하잖아!

"으음~. ……하지만 그렇게 되면 정말로 모르겠네. 나도 참 한심해."

“저도 모르겠지 말입니다. ……아와유키 공, 뭘 그렇게 고민하는 겁니까?”

“자, 그러면 대답을 알려줄게요! 제 고민은—.”

호흡을 한 번 하고 마음을 곱씹는 것처럼 눈을 감은 채, 나는 입을 열었다.

“……두 사람이 더 이상 다투지 말았으면 좋겠어요.”

“아, 아와유키 공…….”

“아와 쨩…….”

“저 같은 쓸모없는 걸로 다투지 말아요. 저는 두 사람의 미소가 보고 싶어요.”

좋았어. 완벽하게 먹혔다.

흐름을 완전히 휘어잡은 혼신의 일격! 이게 효과가 없을 리 없어!

이걸로 분명히 이 영문 모를 다툼이 끝나고, 셋이서 화기애애하고 온화한 방송으로 전환되는 거야.

아아~ 무섭다니까~. 이런 걸 반사적으로 떠올리는 나의 뛰어난 대응력이 무서워~.

“그건 싫어. 아와 쨩은 내 거야.”

“아와유키 공, 인생에는 싸우지 않으면 안 되는 때가 있는 법입니다. 저에게는 그것이 지금인 겁니다.”

그리고 내 대응력보다 두 사람의 투쟁심이 더 무서워~!

“어째서인가요……. 지금 완전히 마무리가 되는 흐름이

었잖아요……. 이제 아와는 마시롱, 슈와는 아리스 쨩의 것이라고 마무리 짓고 그만하지 않을래요?"

"싫어. 아와 쨩도 슈와 쨩도 내 거야."

"아와유키 공은 이면성을 한 몸에 갖추고 있기에 아와유키 공이라는 존재인 겁니다. 한 쪽이 빠지게 되면 안 되지 말입니다."

"솔직하게 말해봐요. 두 사람 다 나를 괴롭히면서 즐기고 싶은 거죠?"

그러고 나서도 같은 흐름이 몇 번 더 이어지고, 나의 창피한 정보가 와르르 튀어나왔다.

: 아와유키 쨩이 생각하는 이상적인 프러포즈!

"저부터 답하는 겁니다. 로맨틱한 일루미네이션이 수많은 사람들을 비추는 가운데, 오로지 한 명— 아와유키 공을 위해서만 외치는 겁니다.『아와유키 공, 저를 스○○로 다음이라도 좋으니 두 번째 여자로 삼아주세요!』라고."

"그런 터무니없는 짓을 저질러버리면 저는 온 힘을 다해 남인 척하면서 도망칠 거예요. 사상 최악의 프러포즈잖아요."

"아와 쨩에게 이상적인 프러포즈라…… 아와 쨩은 사생활에서는 그다지 화려한 걸 좋아하지 않는 이미지가 있으니까, 집에서 보내는 느긋하고 별것 아닌 순간에 하는 건 어때?"

"아, 아하하하하핫! 그거 좋네요. 정답이에요! 하지만 그렇게 완전 핀포인트로 맞히면 엄청 부끄러운데요……."

"아와유키 공은 일상을 소중히 여기는 사람이지 말입니다!"

"다, 다음으로 가요!"

: 아와유키 쨩이 가장 잘 느끼는 곳은?

"좋~아. 다음은 이 주제로 가보는 것이지~ 말입니다."

"그건 아리스 쨩이 알고 싶은 것뿐이죠? 기각합니다."

"들켰지 말입니다. 그러면 마시로 공의 성감대로 변경하지 말입니다."

"이 흐름에서 어째서 나야?"

"아와유키 공이 알고 싶어 할 거라 생각했습니다."

"나를 잘 이해하고 있는 아리스 쨩에게 1점 주겠어요."

"야, 혼난다?"

: 아와 쨩이 귀여움을 드러내면 갭 때문에 당황스러워. 그러나 이것도 나쁘지 않아.

: 장래의 과몰입 팬이 등장했군.

: 아와 쨩은 귀엽고, 집안일도 할 줄 알고, 남도 잘 챙기고, 재미있는 근사한 여성이거든.

:「재미있다」의 비중이 너무 크단 말이지~.

: 실제로 결혼하고 싶다.

:「함께 스○○로를 마시고 싶은 사람」 랭킹 1위

: 성감대 질문은 실화냐ㅋㅋ

: 아와 쨩이 때때로 욕망에 져서 슈와가 튀어나오는 거 좋아.

뭐, 슈와로 나날이 폭주하고 있는 몸이다. 슬프게도 이제 와서 부끄러울 것이 없는 몸이니까, 이 정도라면 괜찮은데 말이지……. 다만 본격적으로 태클 전용 모드가 되는 건 오랜만이다 보니 지쳤어…….

"크윽…… 이제 시간상 마무리해야 하지 말입니다……. 솔직히 어느 쪽이 좀 더 걸맞은가에 대한 답은 아직 나오지 않은 것 같지 말입니다."

"그렇네. 분명히 이 대답은 간단히 정해지는 게 아니야. 앞으로도 계속 겨루게 되겠지. 하지만— 아리스 쨩, 아와 쨩에 대해 알게 되어서 기쁘지 않아?"

"—큭?! 서, 설마 마시로 공, 저를 위해서……."

"지금은 오래 알고 지낸 내가 너무 유리하니까. 뭐, 최종적으로 아와 쨩은 내 것이라는 게 확정돼 있지만."

"어딜 둘이서 좋은 이야기인 것처럼 마무리를 짓고 있나요……."

"아와 쨩을 넘기기 싫은 건 진심인데?"

"아아아아아아아아! 정말 그런 말은 안 해도 된다니까요오오오오—!!"

"마시로 공…… 당신이야말로 제 라이벌에 걸맞은 분인

겁니다!”

결국, 처음부터 끝까지 사이가 좋은 두 사람이었다.

방송은 이걸로 끝났지만, 조용해진 방에서 나는 홀로 앉아 조금 전에 대답을 얼버무려버린『내 고민』을 돌이켜 보았다.

고민이라…… 솔직하게 말해 최근 하레루 선배의 동향이 너무 의문투성이라서 신경이 쓰였다. 하지만 내 라이브 참가 자체가 서프라이즈인 데다가, 애당초 하레루 선배의 사정이니까 방송에서는 말을 할 수 없었다.

하레루 선배. 당신은 대체 무슨 생각으로— 그리고 어떤 마음으로 이 라이브를 결정한 건가요……?

라이브온 상식인 팀

드디어 라이브 개최일이 눈앞으로 다가왔다. 아마도 라이브 전에 할 수 있는 방송은 앞으로 몇 번밖에 안 된다.

이 타이밍에서 너무 날뛰다가 체력을 소모할 수는 없다. 그래서 오늘은 차분하면서도, 볼거리가 있는 방송을 목적으로 한 기획이 세워졌다.

그리하여—.

"하나! 모두의 마마란다, 카미나리 시온!"

"둘! 청초의 의인화, 코코로네 아와유키(아와)!"

"세, 세엣! 여러분의 색시, 야나가세 샤미!"

"""셋이 모여서, 라이브온 상식인 팀!"""

: 엥?

: 뭐?

: 뭐라고? ¥2,000

: 이 멤버는 뭐야……?

: 브라우저 뒤로 가기 눌렀습니다.

: 싫어요 두 번 눌렀습니다.

: 현대 일본에서 신분을 위장하는 건 위험하거든요!

: 누가 이 사람들한테 거울이라는 존재를 가르쳐 줘.

: 태클을 기다리는 건가?

: 「1. 모성이 위험한 녀석」, 「2. 존재가 위험한 녀석」, 「3. 커뮤력이 위험한 녀석」을 잘못 말한 거겠지.

: 흑(역사)의 삼총사.

: 상식인의 의미를 초등학교 다시 가서 6년에 걸쳐 배우고 오도록.

: 1번이랑 3번은 그나마 아슬아슬하게 용서할 수 있을지 몰라. 그러나 2번, 네 녀석은 안 된다.

: 아와 쨩이니까 괜찮다고 생각했나? 사고능력이 둔해진 걸지도 몰라. 스○○로 마실래?

: 시작부터 클라이막스!

: 청초를 의인화하는 도중에 이물질이 들어갔습니다.

: 벌써부터 전설 확정.

개막하자마자 사랑이 담긴 매도가 시작되었습니다만, 이번에는 이렇게 세 명이서 방송을 합니다!

이번에는 조금 의외의 멤버가 모인 게 아닐까?

이 기획의 발안자는 무려 낯을 가리기로 유명한 그 챠미쨩이다! 사실 권유를 받은 내가 가장 깜짝 놀랐다. 아마도 용기를 내서 말을 건 거겠지. 이걸 거절한다는 선택지 따위 나에겐 없다!

"자, 그렇게 돼서 기획자인 챠미 쨩으로부터 이번에도 진행자 역할을 부탁받은 시온 마마입니다! 먼저 기획 설명을 할게!"

""부탁드립니다~.""

"시작하기 전에 대전제로, 라이브온은 별종투성이입니다."

""맞아~ 맞아~!!""

: 그럼그럼. 너희들처럼 말이야.

: 야야, 이럴 땐 마지막에 스스로 태클을 안 걸면 개그가 성립되질 않잖아?

: 2번은 별종의 우두머리입니다만, 눈 괜찮아요?

: 챠미쨔마, 무슨 일이야……?

: 설마…… 아니 설마, 그럴 리가?

“그렇다 보니 상식인인 저희는 매일 그녀들을 상대하느라 지친 겁니다. 오늘은 그렇게 고생하는 사람들이 서로의 상처를 핥아주는 겁니다…….”

““아~ 지쳤다~.””

: 아~ 지쳤다~(국어책 읽기)

: 이 대본을 생각한 녀석은 천재다.

: 자, 어서 「핥고 싶은 건 상처뿐이 아니야」라고 말해 볼래? 응? 말해 볼래?”

: 처음부터 끝까지 이런 텐션으로 가는 건가…… 저 강철 멘탈이 부러워.

: 여기가 제일 라이브온스러운걸.

“그런 느낌으로, 요즘 4기생도 들어와 라이브온의 카오스함에 박차가 걸렸다고 생각하지 않아? 두 사람은 어때?”

“그렇네요. 라이브온 인사 담당자는 AI 탑재형 스○○로가 아닌가 의심하고 있어요.”

“확실히, 다들 굉장해요. 저는 아직 콜라보를 못 하고 있지만요.”

“어, 그래?”

시온 마마가 챠미의 말에 조금 놀란 기색이었다.

그러고 보니, 나도 콜라보하는 걸 본 기억이 없네.

원래 챠미 짱은 콜라보 횟수가 적은 편이기도 하지만…….

“개성파가 너무 많아서 완전히 겁먹었어.”

"뚜껑을 열어 보니 평소처럼 라이브온이었으니까요……."

"요전에도 원장을 번장으로 바꿔버린 장본인이 무슨 말을."

"그건 호러 게임 잘못이지, 내 탓 아냐! 난 잘못 없어!"

"하지만, 후배가 그렇게 열심히 하는데 선배인 내가 언제까지고 이대로라면 안 된다고 생각해. 사실 오늘 두 사람을 부른 것도 그런 이유야."

호오~. 그런 거였구나.

"오늘은 열심히 말을 해볼 테니까, 부디 따뜻하게 지켜봐 줘."

"알겠습니다. 하지만 『머리가 이상하다=열심히 하다』는 아니에요!"

"그래! 안 그래도 라이브온에 있으면 상식이라는 게 통하질 않으니까, 정상적인 감각을 잊지 마!"

: —라고 경험자가 말한다.

: 시온 마마는 본인이 깨닫지 못했을 뿐이지, 본질은 이미 라이브온이었으니까.

: 샤미 쨩, 기특해서 좋아.

: 샤미 쨩은 누가 뭐래도 ASMR로 뿌리내린 고정 팬층이 있는 이미지니까, 충분하고 남을 정도로 굉장하지만 말이야.

: 요전에 판매했던 보이스 음원도 화제가 됐었지.

: 정통파 귀요미 캐릭터니까. 라이브온 안에서는 조금 이단아인 이미지가 있나?

: 주변이 죄다 이단아라서 정상에 가까운 사람이 반대로 이단아 취급받는 게 정말 어이없네ㅋㅋ

“뭐 서론은 이 정도만 하고, 까놓고 말해서 『라이브온의 라이버는 이런 부분이 위험하다!』 같은 주제로 셋이서 수다를 떨어 볼 거야~.”

“일단 사전에 NG 사항은 없는지 모두에게 채팅으로 물어봤는데요. 『라이브온에 NG라는 두 글자는 없다!』라고 다들 대답을 해서 걱정은 없다고 생각해요.”

“오히려 세간에서 보기에 NG인 행동을 좋다고 하는 사람들밖에 없으니까.”

예상대로 「사돈 남 말 하네」라는 채팅이 가득하지만, 신경 쓰는 시점에서 수치스러우므로 마음을 굳게 먹고 기획을 진행하자!

“일단 누구부터 이야기할래요?”

“나, 나는 우선 흐름을 파악하고 싶으니까 조금 나중에 해도 되겠지?”

“그러면 나부터 갈까?”

“오! 그러면 시온 선배, 부탁드립니다.”

처음 차례는 시온 선배. 솔직히 매번 콜라보를 하면서 고생하는 이미지가 있는데, 대체 어떤 에피소드가 나오는 걸까?

“뭘 얘기할까…… 내 경우 거의 모두에게 난처한데 말이야.”

"그렇네요. 매번 수고 많으십니다."

"그럼그럼. 정말로 고생하고 있단 말이죠. 그렇지, 아와 짱? 정말 힘들거든?"

"뭐, 뭔가요? 청초한 저는 시온 선배에게 폐를 끼치진 않을 텐데요?"

"그럼그럼, 괜찮아. 마마인 나는 손이 많이 가는 아이도 좋아하니까. 그러니까 너는 있는 그대로의 너라도 괜찮아. 마지막 날까지 챙겨줄 테니까."

"살려주세요, 샤미 짱. 감금 엔딩 플래그가 서버린 것 같아요."

"하하하……. 나도 같은 꼴이 되지 않도록 조심할게."

그런 이야기를 하고 있자니, 화제가 옆길로 샌 걸 깨달았는지 시온 선배가 문득 뭘 말할까 생각하기 시작했다.

진행자까지 날뛰게 되면 기획이 망가져 버리는 걸 알고 있는 거겠지. 아무리 본성이 각성했어도 이런 부분은 똑부러지는 점이 있으니까 그녀는 라이브온에서 유일무이한 존재다.

정말로 언제나 신세를 지고 있습니다…….

사죄의 뜻을 담아 지원사격을 해야지.

"가장 최근에 겪었던 난처한 일은 뭐였나요?"

"아~. ……어젯밤에 세이 님이랑 사적으로 게임을 같이 했는데, 나를 놀래려고 이상한 장난을 한단 말이지. 뭐, 매번 그러지만 말이야~."

"역시 세이 님이구나. 예상대로야."

"누가 뭐라고 해도 오래 알고 지냈으니까. 정말 고생이 한둘이 아냐!"

: 이 두 사람은 라이브온의 정석 커플이란 이미지.

: 캐릭터가 정반대인데도 어째서인지 잘 맞는단 말이지.

: 섹세이 님은 무슨 짓을 해도 시온 마마가 받아줄 거라고 믿는다고 내 멋대로 생각하는 중.

: 요전에 세이 님이, 콜라보가 있을 때 상대가 따로 정해진 게 아니면 대개 시온 마마한테 말을 건다고 했었어.

: 라이브온의 발단은 하레룽이지만, 성장에 대해서는 이 두 사람의 영향이 상당히 클 거야.

"그러고 보니, 세이 님이랑 알게 된 계기는 어땠나요?"

"아, 그거 나도 듣고 싶어. 나중에 들어온 3기생은 그런 걸 모르니까."

"계기라……. 그러고 보니 방송에서도 자세히 말한 적이 없었네. 아니, 그렇게 특별한 일이 있었던 것도 아닌데 말이야."

그렇게 말하더니, 시온 선배는 옛날 일을 그리워하며 천천히 당시의 이야기를 해주었다.

처음에 세이 님과 만난 것은 2기생 데뷔 조금 전, 사무소에서 만난 것이 처음이라고 한다.

그렇지만 그때부터 곧장 사이가 좋아진 건 아니고, 「이제부터 함께 열심히 하자!」 정도의 극히 평범한 첫 대면이었다고 한다.

그리고 드디어 데뷔일이 되어, 같은 2기생으로 활동하기 시작했다.

이건 의외일지도 모르지만, 처음에 세이 님의 리스너들 사이에서는 격한 찬반양론이 있었다.

상당히 예전 일이니까 나도 실제로 본 건 아니지만, 꽤 유명한 이야기다.

당시는 【라이브온의 아사기리 하레루】가 아니라 【아사기리 하레루의 라이브온】이라고 해도 어쩔 수 없을 만큼 하레루 선배의 존재감이 컸던 데다가, 지금만큼 라이브온이 「날뛰는 사람들의 모임」이란 이미지도 강하지 않았다.

세이 님은 그 강렬한 캐릭터에 따른 인지도 상승과 함께, SNS에 비방의 말이 올라오는 일도 적지 않았다. 이건 2기생들 사이에서도 특히 세이 님의 연락 빈도가 낮은 때였다고 한다.

시간대로 따져보면 있을 수 없는 이야기지만, 만약 이 타이밍에 내가 그 방송 종료 실수 사건을 일으켰다면 비방 여론이 강하게 형성되지 않았을까 생각한다. 그 정도로 시청자의 사전 인식이라는 건 중요하다.

그리고 그것은 이윽고, 라이브온의 힐링 포지션인 시온

선배에게도 찾아왔다.

: 우츠키 세이와 엮이는 건 그만두는 편이 좋을 거야.

드물지만, 이런 채팅까지 눈에 띌 정도로 발전해 버렸다.

그것에 대해 시온 선배는「다들 나를 생각해 줘서 하는 말이겠지. 그건 고마워. 하지만 그 사람이 좋은지 나쁜지는 내가 생각해서 정할 거야」라고 당당하게 선언했다. 그러고 얼마 뒤, 시온 선배의 권유로 훗날 명콤비가 되는 두 사람의 첫 콜라보가 결정됐다.

사실 이때 세이 님은 상기의 이유로 상당히 미묘한 반응을 보였다고 하는데, 그럼에도 시온 선배가 끈질기게 권유하여 콜라보를 승낙했다고 한다.

그렇게 술렁거리는 분위기가 떠도는 가운데, 콜라보 방송은 대부분의 예상을 깨고 대성공. 세이 님의 강렬한 폭주에 시온 선배가 날카롭게 태클을 걸며 재미있게 답하고, 서로를 띄워줬다. 오늘날 레전드 방송 중 하나로 전해지고 있는 콜라보다.

이후 세이 님이 자주 연락을 해주게 되었고, 점점 지금의 관계에 가까워졌다고 한다. 그리고 차츰 세이 님에 대한 비판의 목소리도 작아졌다.

“정말 그립네에. 지금 생각하면 어째서 세이 님이랑 그렇게 급격히 친해진 걸까?"

세이 님과 친해진 경위 이야기를 마친 시온 마마가 난처한 듯, 하지만 어쩐지 기쁜 기색으로 그렇게 말했다.

—그런 건 생각할 것도 없지.

세이 님은 언제나 경쾌한 태도를 유지하고 있지만, 그녀도 여자애다. 또 확실히 살아 있다. 기쁜 일도 있고, 상처받는 일도 있다.

그런 세이 님에게 시온 선배는 자신을 구해준 소중한 존재이다. 그리고 그때의 일을 마치 소중한 보물이 든 상자를 여는 것처럼 이야기하는 시온 선배도 분명히 마찬가지—.

아아, 역시 이 두 사람이란 말이지!!

"그런 일이 있었군요. 좀 감동해 버렸어요."

"숭고해……. 이걸로 이미 배가 불러."

"그, 그렇게 대단한 거 아니거든! 그냥 이렇게 친해졌어요, 라는 이야기야!"

: 너무나도 간단하게 일어나는 장난 아닌 존귀함!

: 세이시오는 찐이야! ¥10,000

: 이건 완전 부부잖아!

: 세이 님은 십자가 등을 사용한 고딕풍 검은 의상, 시온 마마는 무녀복이니까 하얀 의상. 둘의 알맹이뿐만 아니라

외견까지 멋지게 정반대라서 더더욱 커플링의 맛이 우러나오지.

: 사실 2기생은 모두 빨간 눈을 가졌다네.

: 라이브온, 설마 이걸 노린 건가……?

: 결혼식은 키마시타워 옥상에서 합시다!

: 한가득 흐드러진 백합 군생지의 중심에 서 있을 것 같은 그 타워는 뭐야! 최고잖아!

〈우츠키 세이〉: 시온 군~. 무슨 이야기를 하는 거야~? 더 세이 님다운 에피소드를 소개해주게나. 왜, 있잖아. 세이 님의 눈이 가진, 보기만 해도 여자애가 입은 팬티색을 맞출 수 있는 능력— 직시의 치한[#31] 같은 이야기도 있잖아?

: 세이 님 있네!

"오, 세이 님 왔네. 야호~."

"시, 시온 선배도 눈 색이 같으니까, 팬티색 맞출 수 있는 걸까?"

"할 수 있을 리 없잖아?! 무슨 말을 하는 거니, 샤미 짱!"

"정말인가요? 어쩌면 자기가 깨닫지 못했을 뿐이지 가능할지도 모르거든요? 자, 시험 삼아서 지금 제 팬티색을 맞춰보세요."

"또 이상한 장난기가 발동해 버렸어……. 파란색! 이걸로

#31 직시의 치한 「TYPE-MOON」 시리즈에 등장하는 능력 「직사(直死)의 마안」을 패러디. 이 눈을 가진 자가 힘을 발동시키면 온갖 사물의 죽음을 볼 수 있게 되며, 또 그 수명을 끝낼 수도 있다. 바라본다는 뜻의 직시(直視)와 일본어 발음이 똑같다.

됐지!"
"어? 어라, 잠깐 기다려 주세요. 확인할게요…… 앗."
"어? 뭐, 뭔데?"
"아, 아뇨. 아무것도 아니에요. 저기, 다음 화제로 갈까요!"
"그 반응 뭐야?! 그럴듯하게 들리니까 하지 마!"
"이건 신빙성이 생겼네."
〈우츠키 세이〉: 그래그래. 이런 식이면 되는 거야.
〈히루네 네코마〉: 얼레리꼴레리~ 부끄러워한대요☆
〈우츠키 세이〉: 부끄러운 게 아니야. 날 부끄럽게 만들면 꽤 대단한 거지.
〈히루네 네코마〉: 갑자기 궁서체라 당황!
: 2기생 다 모였네.
: 2기생 찐팬 대 환희!
: 아와 쨩, 전혀 눈치 못 챈 거 같은데 그 행동은 청초하지 않아…….
"자, 그럼 내 얘기는 여기서 끝내고 다음은 아와 쨩이 말해 보자. 난처한 일 뭐가 있어?"
"저 말인가요? 동성동명동외모동음성동생명의 동업자가 너무 날뛰고 있어서 터무니없는 피해를 입는 걸까요?"
"그걸 가리키는 더 짧고 편리한 단어가 있어. 동일인물이라고 해."
"그리고, 저 어째서인지 꽤 별난 사람이랑 만나는 일이 많아요.”

“별난 사람? 어떤 사람?”

“그러니까, 예를 들어서 최근에 말이죠.”

기억을 더듬으면서, 두 사람에게 내가 만난 세상 기묘한 인물을 설명했다.

그것은 내가 영화라도 보고자 대여점에 갔을 때의 일이다.

가게 안을 걷고 있는데, 20대로 보이는 여성 한 명이 옛날에 유행한 어린이용 애니메이션【무○킹】이 놓인 선반을 진지한 눈빛으로 물색하는 게 보였단 말이죠.

흐응~. 이런 사람들에게도 인기가 있구나. 아니지, 혹시 자녀가 있어서 그 애들을 위해 빌리는 걸까? ―그렇게 생각하면서, 실례일지 모르지만 그녀를 조금 보고 있었어요.

하지만 저는 다음 순간, 등골이 오싹해지게 되었어요. 그 여성이 문득 중얼거린 소리가 저에게 들려 버린 겁니다.

조금 끈적하게도 들리는 그 목소리는 틀림없이 이렇게 말했어요―.

“왕도 훈남 헤라클레스 장수풍뎅이와 근육탄탄 엘레파스 코끼리 장수풍뎅이의 커플링은 참을 수가 없어~! 듬직하게 우뚝 선 수컷의 심벌이 거칠게 부딪히며 상대의 급소를 노린다…… 역시 무○킹은 최고의 BL이야!”

“““?!?!”””

: ?!

: 홧?!

: 어? 어어?

이야기를 듣고 있던 두 사람과 채팅창이 순식간에 술렁거렸다.

그러나 그 광경을 실제로 본 내가 받은 충격에는 비할 바가 못 되겠지.

아니, 정말로 진짜 입이 (°Д°) 쩌억 상태가 돼서 얼마간 움직일 수가 없었다니까.

"참고로 그 후에 딱정벌레들의 대전 모습을 보고『이것이야말로 진정한 뿔싸움이지. 이제 나는 인간들의 가짜 뿔로는 아무것도 못 느껴. 게다가 수액 범벅의 로션 플레이…… 오늘은 이걸로 정했어!』라고 했어요."

"세, 세상에는 굉장한 성벽을 가진 사람도 있구나……."

"역시 아와 짱이야. 끼리끼리 논다는 거구나."

"아니, 제 친구 아니거든요!"

"츄하이에 프러포즈한 사람과 지금 그 사람은 꽤 막상막하 같지 않아?"

"……노코멘트요."

: 딱정벌레에만 흥분하는 부녀자라니, 상당한 상급자인데?

: 장래의 라이브온 후보.

: 뿔싸움 백합충이 지나갑니다~.

: 그건 대체 뭔데…….

: 그런가. 커다란 뿔이 2개 있는 헤라클레스는 이도류라는 의미로 후타나리가 되는 거군…… 어? 이거 슈와 쨩?

: 코코로네 아와유키. 헤라클레스 장수풍뎅이설.

: 이의 제기를 안 할 수 없군!(후타나리에 진심임)

: 이 카오스한 채팅은 뭐냐고.

무○킹에 진심(성적인 의미로)인 언니 이야기를 한 다음에도, 내가 만난 적 있는 별종 에피소드를 몇 갠가 소개하자 내 턴이 종료됐다.

다음은 흐름상 샤미 쨩 차례인데…….

"나는 애당초 난처한 일을 겪을 만큼 주변 사람들이랑 엮일 일이 없단 말이지."

""아…….""

시작부터 그런 암울한 이야기가 튀어 나와서 뭐라 말하기 어려운 분위기가 됐다.

"그건 뭐라 말하기 어렵네……. 하지만 하나 정도는 있지 않아? 사소한 거라도 좋으니까."

시온 선배가 그녀를 북돋우며 어떻게든 화제를 끌어내고자 한다. 나도 협력해야 할 것 같아서 어떤 말을 할지 생각하고 있었는데, 샤미 쨩이 예상을 뒤집는 발언을 했다.

"그렇게 걱정 안 해도 돼. 이번 기획을 생각한 건 나잖아? 난처한 사람은 분명히 있어."

"어, 그런가요? 하지만 방금 난처할 정도로 사람들과 엮

이질 않는다고 했잖아요.”

“그랬지!”

나랑 시온 선배가 고개를 갸웃거리는 가운데, 챠미 쨩은 이렇게 드높이 선언했다.

“나한테 난처한 사람은, 이런 상황에 빠져 있는 나 자신이야! 개선책이 없을지 같이 생각해 줘!”

““어어…….””

어쩔 도리가 없을 만큼 그녀 다운 난처한 사연이었다.

“나 말이야, 요즘 생각하는 게 있거든. 혹시 나는 개성이 약한 건 아닐까?”

“그렇지는 않은 것 같은데요.”

“그렇지만 내 개성은 섹시한 언니 같지만 낯가리는 허당이라는 점뿐이잖아?”

“챠미 쨩, 진정해! 넌 개성으로 가득하니까! 라이브온이 너무 마계일뿐이야!”

: ㅋㅋㅋ

: 「뿐이다」의 의미를 조사해라, 오버.

: 특별한 환경에 놓인 인간에 대한 심리 실험이라도 하는 건가?

: 예시가 너무 강해.

시온 선배가 말려봤지만, 별로 효과가 없는 모양이다. 챠미 쨩의 목소리는 밝아지지 않는다.

"그렇지만 다들 매일같이 화제가 되잖아? 나는 그런 적이 얼마 없어서……."

"하지만 『화제가 된다=다 좋다』가 아니잖아요? 샤미 쨩은 언제나 굳건하게 인기를 유지하고 있다고 생각해요. 열심인 팬이 잔뜩 있는 게 그걸 말해주잖아요."

"그런…… 걸까?"

"그럼! 임팩트가 크면 이야깃거리로 올리는 사람의 비율이 높아지니까, 그게 너무 커 보이는 것뿐이야."

"제 경우는 이야깃거리가 되면 9할 이상 개그 관련이니까, 순수하게 귀엽다는 말을 듣는 샤미 쨩이 가끔 부러울 정도예요."

"그렇구나! 이게 바로 남의 떡이 커 보인다는 거구나."

"애초에 개성이라는 건, 자신에게 없는 걸 뒤늦게 더하려고 해봐야 엉망이 된다고 생각해."

: 이해가 될 것 같아.

: 그것보다는 천성이 아니라면 라이브온을 따라잡을 수 없는 게 아닐까…….

: 아와 쨩도 귀여워!(외모는)

: 사실 알맹이의 귀여움도 코어한 인기가 있다는 사실.

: 누가 뭐래도 라이브온을 지탱해온 실적이 있으니까. 재미 말고도 좋은 평가를 받고 있지.

우리들이 열심히 설득하자, 샤미 쨩의 목소리도 점점 다시 밝아지기 시작했다.

어려운 고민이긴 하지만, 시온 선배 말처럼 너무 무리한 짓을 하려다가 넘어지면 최악이다. 또, 무엇보다도 본인이 방송을 즐기지 못하게 되어 버릴 가능성이 있다. 나는 동료의 그런 모습을 보고 싶지 않다.

향상심이 있는 것은 멋진 일이지만, 자신을 받아들이는 것도 때로는 중요하다.

아, 그리고 해둘 말이 하나 있다.

“그리고, 저는 샤미 짱의 개성에 목소리도 있다고 생각해요!”

“그렇네! 시온 마마도, 연기력을 포함해서 라이브온 제일이라고 생각해!”

“목소리? 아아, ASMR을 좋아해서 자주 하니까.”

“차분하고 요염한 느낌이라, 듣고 있어도 질리지 않아요. 버릇이 들 것 같은 느낌이라.”

“정말? 후훗. 목소리를 칭찬해주니까 좀 기쁘네.”

“저는 별로 특징이 없는 무개성한 목소리라 더 그렇게 생각해요.”

내가 지금 한 말은, 진심으로 별 생각 없이 한 말이었는데—.

“그, 그렇지 않아!!!!”

지금까지 샤미 짱에게서 들어본 적 없을 정도로, 그녀가 커다란 목소리로 외쳤다.

평소와 다른 그녀의 모습에 나와 시온 선배가 당황하고 있자, 이어서 챠미 쨩이 쉴 새 없이 빠르게 말을 이었다.

"아와유키 쨩의 목소리는 전혀 무개성하지 않아! 애당초 사람의 목소리는 다종다양하며 천차만별이야. 무개성하다는 개념은 존재하지 않아! 우리는 다 같은 인간이라는 생물이지만 외모나 성격과 마찬가지로 목소리도 자신만의 것이야. 진동에서 태어난다고 생각하기 어려운 이 선명한 음색, 두 사람도 알잖아? 목소리란 인간이 진화를 통해 이룩한 기적이며 신비야. 신성하고 존귀한 거야!! 나는 아와유키 쨩의 목소리와 시온 선배의 목소리엔 전혀 다른 장점이 있다고 느껴. 아와유키 쨩의 목소리는 조금 낮으면서 나른한 느낌이 귀를 행복하게 해주고, 어미를 늘려서 말할 때는 조금 스치는 느낌이 완전 최고라서 오싹오싹해! 시온 선배는 성격이 목소리에 그대로 드러나는 것처럼 모든 것을 감싸는 상냥한 소리야. 그야말로 살아있는 아베 마리아지. 말하기만 해도 사람을 치유한다는 거, 자랑스럽지 않아?!"

마치 자신의 취미를 논하는 오타쿠처럼 절묘하게 빠른 말이 멈추지 않는 챠미 쨩.

어, 거짓말이지? 혹시 지금까지의 전개는…… 성대한 플래그였던 거야……?"

"있지, 목소리는 근사한 거야. 알겠어? 으음~. 하지만 이것만 가지고는 부족하네. 조금 더 말해도 돼? 사람의 목소리는 진짜로 좋아!"

어안이 벙벙해진 나와 시온 선배에겐 눈길도 안 주고, 동기인 나조차 지금까지 들어본 적이 없는 유창한 말이 멈추지 않는 챠미 쨩. 마지막은 수수께끼의 운율까지 띠고 있었다.

이건 위험해. 뭐가 위험한지는 정확히 모르겠지만, 이대로 방치했다간 여러 가지 의미로 큰일이 날 거라고 내 제육감이 격렬하게 경보를 울린다!

시온 선배도 비슷한 낌새를 느낀 모양인지 난처한 기색으로 맞장구를 치는 한편, 그녀를 말릴 수 있는 좋은 말이 없나 찾고 있었다.

맡겨주세요, 시온 선배! 동기의 위기는 내가 막겠어! 나는 물러서지 않아! 말을 흐리는 짓은 안 한다! 정면으로 받아낸다!

"안 돼요."

"싫어요. 그래서 있지, 일단 말이야!"

"우와아악——!!"

"아, 아와쨔~~앙!!"

: 챠, 챠미쨔마?

: 앗(눈치챔)

: 위험해! 진화 연출 시작됐다! bbbbbbbb[#32]!

#32 bbbbbbbb 게임 「포켓몬스터」 시리즈에선 포켓몬이 진화하려고 할 때 B버튼을 누르면 진화가 취소되는 시스템이 있다. 인터넷에서는 사태가 악화하거나, 예상치 못한 방향으로 흘러갈 때 취소한다는 의미로 B를 연타하여 쓴다.

: 유감이군, 거부권 따위 없다!

: 구원은 없는 건가요?!

: 억압된 자신을 드러내고 마는 이 현상을, 사람들은 SIMYA BANGSONG#33이라고 부른다.

큰일이야, 지금 챠미 쨩은 폭주기관차. 한 번 움직이면 멈춘다는 개념이 없어!

"있지, 그러면 알기 쉽게 설명해줄게! 그렇지! 아와유키 쨩이 자주 『실질 S○X 이론』이라는 걸 얘기하잖아? 그걸로 비유해보자!"

"꺄아—!! 챠미 쨩! 여자애가 S○X 같은 야한 말을 하면 안 돼요~!!"

"뭐?"

한순간 무시무시할 정도로 차가운 시온 선배의 목소리가 들린 것 같은 기분이 들지만, 지금은 그게 중요한 게 아냐!

"내가 말하자면 말이야. 사람은 목소리로 S○X를 하고, 육체적인 건 그다음이야. 생각해 봐, 성적 흥분이라는 건 대부분이 목소리에서 온다고 생각하지 않아? 신음 소리는 물론이고 음탕한 말이나 음색으로 성욕을 불러일으킨다. 이건 문자 그대로 목소리가 주역인데도 DL○ite에서 19금 보이스가 불티나게 팔리는 게 증명하고 있어. 다시 말해서

#33 SIMYA BANGSONG 게임 「페르소나 4」에 등장하는 용어. 「심야 TV」의 패러디. 작중에서는 비 오는 날 자정에 꺼진 TV 화면을 보면 운명의 상대가 보인다는 도시전설이 있다.

그런 거야."

아아, 그렇구나. 챠미 쨩, 네가 무슨 말을 하는 건지 점점 이해되기 시작했어. 왜냐고? 그도 그럴게, 지금 내가 이렇게 챠미 쨩의 목소리에 감정이 뒤흔들리고 있으니까. 목소리가 가진 어마어마한 힘에 희롱당하고 있으니까.

"지금 이야기를 말이야, 일상생활로 바꿔서 생각해볼래? 사람이 뭔가를 느낄 때, 목소리로 감지할 수 있는 게 헤아릴 수 없을 만큼 많다는 걸 깨달을 수 있을 거야. 그거야말로 사람과 사람의 관계. 다시 말해서 S○X인 거야! 우리들의 방송도 그래! 시청자들을 즐겁게 해주는 것도, 감동시키는 것도, 깜짝 놀라게 하는 것도 모두 목소리에서 시작하고 있어. 그걸로 생활하고 있는 우리 라이버들은 목소리의 일루저니스트인 거야! 목소리의 근사함, 이제 알겠어? 알기 쉽게 다시 한번 실질 S○X 이론으로 설명할게. 요약하자면 우리 라이버들은 리스너랑 목소리로 S○X를 하는 것. 그리고 그게 의미하는 것은—!!"

""의, 의미하는 것은?!""

"라이버는 『보이스 S○X 일루저니스트』라는 거야!!"

아아— 끝났다…….

: 개꿀잼ㅋㅋ

: 파워 워드가 탄생했다.

: 미안, 나 목소리로 동정 졸업했는데 혹시 아직도 동정인

녀석 있냐?

: 안녕하세요! 라이브온 소속 보이스 S○X 일루저니스트인 야나가세 챠미입니다, 라는 거군요. 뭔 소리죠?

: 전에 방송에서 목소리 관련 장비 이야기로 엄청 열변을 토한 적이 있었지만, 이 정도로 목소리 오타쿠였다니…….

내 눈에서 광채가 사라지는 것을 느낀다.

쏟아져 내리는 호우 같은 기세로 올라오는 채팅. 이제 멈출 수 없다. 방송이 끝나고 카탓타 트렌드 입성은 확정이다.

그리고 어딘가 데자뷰가 느껴지는데? 전에 「원장은 번장이었다」 소동 때도 이런 느낌 아니었나?

뭐지? 이거 혹시 내 탓이야? 나는 사람의 성벽을 끌어내는 능력이라도 있는 거야?

뭐, 일단 얄궂게도 최종적으로 챠미 짱의 「강한 개성이 갖고 싶다」는 고민은 본인이 자신의 숨겨진 개성을 끌어내는 걸로 해결했군. 응, 그렇게 생각하자. 생각하지 않으면 밝은 내일 따윈 없어.

봐봐, 시온 선배는 뭔가 아까부터 「그렇구나아」라며 현실도피를 하고 있는걸. 그 시온 선배가 진행을 포기한다는 건 엄청 레어한 일이거든?

"저기, 어쩐지 이야기가 너무 넓게 퍼져 버렸네. 본론으로 돌아가자. 아와유키 짱이 자기 목소리에 개성이 없다고 말한 게 시작이었지? 방금 전에도 말했지만 아와유키 쨩의 목소리에는 매력이 듬뿍 담겨 있어. 개인적으로 좋아하는 건 슈와 쨩이 되었을 때의 음색 변화지. 평소에는 차분한 느낌인데 스ㅇㅇ로를 마시면 키가 조금 올라가고, 흐물흐물한 느낌이 되는 갭이 정말 참을 수가 없어. 슈와 쨩의 특기인 섹드립의 폭풍이 평소의 그 차분한 아와유키 쨩과 같은 성대에서 발성된다고 생각하면, 나는 정말 아랫도리가—."

그러고 나서도 이 폭주기관차는 일절 속도를 줄이지 않고 전진하여, 얼마 안 남은 방송 시간이 끝날 때까지 이어졌다.

그리고 며칠 뒤. 챠미 쨩이 나와 시온 선배에게 언뜻 봐서 논문인가 싶을 정도로 문자가 빽빽하고 정성스레 적힌 사과문을 보내왔다. 우리는 딱히 피해를 본 게 아니니까 문제없는데 말이야.

그리고 정작 당사자인 챠미 쨩은 이후 방송에서 이 사건으로 마구 놀림을 받아서, 무사히 목소리 오타쿠에 놀림거리 캐릭터로서의 위치를 확립했다.

막간 2기생과 하레루

"좋~아! 이거면 완벽해! 수고했어!"

"수고했어."

"수고하셨습니다!"

"수고!"

관객이 없는 대규모 스테이지라는, 모순된 공간에 네 사람의 힘찬 목소리가 울렸다.

이날은 실제 공연장에서 하레루의 솔로 라이브 리허설이 진행되고 있었다.

모인 것은 1기생인 아사기리 하레루를 중심으로, 2기생인 우츠키 세이, 카미나리 시온, 히루네 네코마까지 합계 네 명.

라이브의 세트리스트에는 이 조합으로 커버곡 하나를 선보이는 것이 정해져 있고, 때마침 연습이 끝난 참이다. 라이브 때 여기서 전반부가 종료되기 때문에, 잠깐 휴식 시간에 들어갈 예정이다.

"어쩐지 감개무량하네. 이렇게 커다란 스테이지에 우리가 서다니."

시온이 그렇게 말하자, 네코마와 세이도 동의하듯 고개를 끄덕였다. 하레루는 그걸 보며 과거 라이브온의 광경이

플래시백하여 웃음이 터졌다.

"그립네~. 지금이랑 달리 세 사람 다 아슬아슬하게 살고 있었지."

"네코마는 그렇지도 않았어. 하고 싶은 걸 했었고, 압박감도 못 느끼는 성격이니까. 하지만 이 두 사람은 위험했지."

네코마가 두 사람을 노려보자, 세이와 시온이 어색하게 고개를 돌렸다.

"나는 그게, 하레루 선배의 히트를 보고 화려한 세계를 상상하면서 들어왔으니까. 갭이 엄청났다니까! 첫 방송 때는 하레루 선배의 파워가 있어서 사람이 꽤 많이 모였으니까 기뻤지만, 이후 얼마간 방송을 할 때마다 실시간 시청자 수가 줄고 또 줄어서……. 거기다 방송 준비는 힘들지, 장비 트러블도 일어나지, 인터넷에는 별의별 말이 올라오지……. 금방 어리광부릴 때가 아니라는 현실이랑 마주쳐 버렸으니까……."

"하지만 얼마 지나니까 인기가 안정적으로 궤도에 올라갔잖아. 그건 내 힘이 없어도 오시오 본인에게 끌린 사람이 늘어났다는 거야."

"그래서 지금은 정말 안심하고 있어요~!!"

"그래~ 착하다."

하레루가 울상 짓는 시온을 끌어안았다. 오시오는 하레루가 시온을 부르는 별명이었다.

하레루는 라이버나 친한 사람을 부를 때 이렇게 본인만의 애칭을 지어주는 경우가 대단히 많았다. 사실은 이것에도 이유가 있었다. 그 사람의 인상에 강하게 남는 것. 그리고 사소한 점에서 특별함을 만들어내 마음의 거리를 좁히고, 원활한 인간관계를 구축하기 위해서였다.

—하레루는 대단히 머리가 좋았다.

"뭐, 세이 님은 네코마 군이 노려볼 정도는 아니었지만 말이야."

""""그건 아냐.""""

본인은 상관없다는 듯 말하는 세이 님에게, 이번에는 네코마뿐 아니라 세 명으로부터 날카로운 시선이 박혔다.

"세이는 처음에 정말 위태로웠지. 완전 위험했어."

"아까 말한 활동 초기 내가 했던 고생에는 세이 님에 대한 걱정도 있었거든!"

"확실히, 그 무렵의 세이세이는 엄청 튀었지."

"……초반의 화제성은 제일 높았을 텐데."

시선과 말의 가시가 세이에게 푹푹 박히자, 그녀는 변명의 말과 함께 다시 고개를 돌렸다.

그 모습을 본 세 사람이 웃고, 이윽고 그 웃음에 세이도 참가했다.

라이브온의 여명기를 체험하고, 그리고 서로 의지하면서 3기생에게 배턴을 넘겼다. 오늘날 라이브온이 구가하는 인기의 기반을 닦고 고뇌를 함께해온 그녀들 사이에는, 그녀들만의 특별한 인연이 있었다.

"이 세이 님이 보기에는, 라이브를 승낙한 것이 더 놀랄 일인데 말이야."

"앗, 그러게! 하레루 선배는 눈에 띄고 싶어 하는 것 같으면서도 안 그러니까."

"네코마도 그건 신경 쓰여!"

라이브온의 사원 외에는 라이버도 포함해 어째서 하레루가 라이브 개최를 결심했는지 그 이유를 모른다. 세 명의 물음에, 하레루는 잠시 생각한 다음 조용히 고개를 옆으로 저었다.

"그건 아직 비밀! 즐거움은 마지막까지 아껴두자!"

그 대답에 세 사람은 약간 불만스러운 소리를 냈지만, 그 이상 추궁하지는 않았다.

"그러면! 나는 이 뒤로도 리허설이 이어지니까 열심히 해볼까!"

"알았어. 이후에 라이브의 흐름은 어떻게 되는 거야, 하레루 군?"

"그러니까, 솔로로 몇 곡 부른 다음에 슈왓치랑 같이 마무리야."

"아, 그렇지! 아와유키 짱도 나오는 거였지! 아까 대기실에서 봤어!"

"아직 관계자 말고는 모르는 서프라이즈였던가? 분명히 터무니없는 일을 저지를 셈이야……."

"아하하하하. 그것도 기대하고 있어! 앗, 벌써 후반 시작해버리겠다."

후반부 리허설 준비가 다 되자, 하레루를 제외한 세 사람은 서둘러서 수고했다는 말과 함께 무대 뒤로 물러났다.

"정말, 어엿해졌다니까."

그 등을 향해서 하레루는 조용히 중얼거렸다.

하레루 선배와 불고기

""건배~!!""

쨍하는 소리를 내며 잔과 잔이 부딪힌다. 눈앞에는 선명한 붉은색이 기름기로 번들거리고, 요염함마저 느껴지는 맛있어 보이는 고기들, 그리고 먹잇감은 아직인가 하며 불꽃을 태우는 강철로 된 그물이 펼쳐졌다.

오늘은 아침 일찍부터 하레루 선배의 솔로 라이브 리허설이 있었다. 나도 참가자였기 때문에, 지금은 세이 님의 친가가 운영하는 고깃집에서 둘이 소소하게 뒤풀이를 하고 있었다.

나처럼 서프라이즈 참가는 아니지만 게스트로 참가할 예정인 라이버가 몇 명 더 왔었는데, 다들 바쁜 데다가 딱히 라이브에 계속 나오는 게 아니라서 등장 부분의 리허설이 끝나자 조금 있다 돌아갔다.

나도 먼저 돌아갔어도 괜찮았지만, 이런 기회는 거의 없으니까 처음부터 끝까지 견학하기로 했다. 그랬더니 어쩐지 죄송하게도 하레루 선배로부터 식사 초대를 받은 느낌이다.

나는 지난 노래방 콜라보 때부터 어째서인지 가게 메뉴에 추가된 스○○로를, 하레루 선배는 맥주를 지친 몸에 흘려 넣었다.

참고로 신입 알바로 보이는 직원이 맥주를 주문한 하레루 선배를 보고 엄청 난처한 모습이었다. 합법 로리니까, 어쩔 수 없지.

그때 하레루 선배가 보란 듯이 「이 신분증이 보이지 않느냐!」 하며 어느 코몬 님[#34]처럼 성인임을 증명하는 신분증을 들이밀었는데, 나이를 의심받은 시점에서 멋지지 않은 것 같아요.

뒤풀이가 시작되자 처음에는 배가 고파서 불고기로 배를 채우며 잡담을 했는데, 허기가 진정되고 술기운이 돌기 시작하자 대화의 빈도가 올라갔다.

"요즘 말이야. 뭐든지 게이밍화 한단 말이지. 그 왜, 그

#34 어느 코몬 님 일본의 사극 드라마 「미토코몬」에 등장하는 미토 미츠쿠니. 그가 두 부하와 함께 신분을 속이고 전국 각지를 떠돌며 악한 자들을 바로잡는 내용을 다루었는데, 극중 클라이맥스 장면에서 도쿠가와 가문의 인장을 내보이며 그의 정체를 밝힌다.

무지개색으로 빛나는 거.”

“그렇네요. 요즘은 마스크 같은 것도 있어요. 이제는 게임이랑 상관없는 느낌도 꽤 드는데요…….”

“이제 조만간 게이밍 팬티 같은 것도 나올 것 같아. 옷 안에서 팬티만 빛나는 거, 어떻게 생각해?”

“그러면 남성의 아들 부분만 번쩍이면 엄청 재미있지 않을까요?”

“아하하! 게이밍 아니랄까 봐 조이스틱이구나!”

“어떤 조이에 쓰는 스틱일까요? 의미심장하네요~.”

가게가 개인실이라 그런지 점점 달아오르는 대화.

이윽고 오늘 있었던 리허설이 화제에 올랐다.

“그건 그렇고, 하레루 선배는 역시 대단하네요.”

“응? 뭐가?”

“오늘 계속 즐거운 기색이었잖아요~. 저 같았으면 패닉에 빠졌을걸요.”

리허설 동안, 하레루 선배는 항상 침착했다.

본래 예정되어 있던 것들이 확 와닿지 않아 리허설 도중 변경된 케이스도 적지 않았다.

그래도 하레루 선배는 언제나 그 자리의 무드 메이커가 되었다. 더욱이 스태프가 아이디어를 못 내고 있을 땐 도리어 자기가 팍팍 의견을 내고 있었다.

본 공연에서 실패하는 모습 따위는 상상도 못 할 만큼,

그녀는 참으로 당당했다.

"음~. 라이브는 도중에 무슨 일이 일어날지 모르니까 말이야. 그러니까 준비해서 나쁠 거 없지만, 그저 생각보다 마음 편하게 먹고 움직인 것뿐이야."

"그걸 할 수 있는 시점에서 굉장해요. 존경스러워요."

"정말? 슈왓치가 그렇게 말하면 쑥스럽네~, 에헤헤. ……나도 말이야. 사실 슈왓치한테 비슷한 감정을 가진 적 있어."

"어, 정말인가요? 그럴 만한 요소가 대체 어디 있어요? 저는 하레루 선배가 하레루 선배인 채로 있었으면 좋겠어요……."

"으음~. 그러니까, 정확하게는 본성이 들키기 전의 아왓치가 되고 싶다고 생각한 적이 있어."

"어, 옛날 말인가요? 그 수수했던 때?"

"그래그래."

또 내 이해력을 넘어선 이야기를 한다니까, 이 사람은!

지금의 개그맨 포지션인 내가 되고 싶다는 괴짜는 있을지 모르지만, 옛날의 내가 되고 싶은 이유는 떠오르지 않았다.

그렇지만…… 그녀가 농담을 하는 것처럼 안 보인단 말이지.

"하지만 생각한 적이 있었다면, 지금은 아니란 건가요?"

"응~. 뭐 그렇지."

"아~! 말이 심하시네요~ 정말!"

"아하하! 아냐아냐. 그런 마이너스의 의미가 아니라, 플러스의 의미로야."

"정말인가요~? 이렇게 술+섹드립+호색= 같은 사람이 되고 싶지 않은 게 아니구요?"

"정말이야. 지금은 나는 내가 아니면 안 된다는 걸 깨달았어. 그것뿐이야."

"그렇다면 괜찮지만요~."

"반대로 말이야~. 슈왓치는 다른 누군가가 되고 싶다고 생각한 적 없어?"

"저 말인가요? 으음~."

그 물음에 조금 생각한 나였지만, 결국은 단 하나의 대답으로 귀결됐다.

"없네요. 적어도 지금은 없어요. 저는 지금 매일매일이 즐거워서 어쩔 줄 모르겠어요. 이걸 스스로 놓아준다니, 있을 수 없어요."

"그런가. 그래그래, 좋은 대답이야!"

하레루 선배가 배시시 웃자, 이 화제는 끝이 났다.

나는 전에 들은 IQ 이야기에 관해서 추궁해볼까 생각했지만, 아마 대답해 주지 않을 테니까 관둬야지.

분명히 무슨 의미가 있다. 언젠가 가르쳐주는 날이 올

거야.

리허설도 끝나고, 본 공연도 가까워졌다. 라이브 공연장 티켓은 진작에 매진. 온라인 시청의 예약도 기세가 멈출 줄을 모른다.

나는 내가 할 수 있는 만큼 힘내야겠다고 마음속으로 맹세했다.

제3장

다이아몬드 더스트

"후우우우우……."

대기실 안에서, 아까부터 계속 나는 혼자 눈을 감고 호흡을 진정시키고 있었다.

오늘은 드디어 전부터 정성 들여 준비하고 있던 하레루 선배의 솔로 라이브 당일이다.

당연히 심장이 헤비메탈 밴드의 드러머처럼 고속 비트를 연주하고 있다. 그래서 어떻게든 평상심을 유지하려고 명상에 빠져 있는 것이다.

똑똑똑!

"응? 네에!"

갑자기 누군가 대기실 문을 노크했다. 아직 라이브 개막까지는 시간이 있는데 무슨 일일까 생각하면서 문을 열었더니, 하레루 선배가 서 있었다.

"하이!"

"하레루 선배! 어라, 라이브 사전확인은 끝난 거예요?"

사실 대기실 들어오기 전에 제일 먼저 하레루 선배한테 인사를 해두고 싶어서 달려갔는데, 그때 그녀는 수많은 스태프들에게 둘러싸여서 라이브에 대비한 세세한 확인 작업을 하느라 바빴다. 나는 선배의 방해가 되지 않도록 간단한 인사만 건네고 그 자리에서 물러났다.

"아직이야. 다음은 아와 짱이랑 같이 나오는 장면을 확인해야 되니까 부르러 왔어~."

"아, 그렇구나. 알았어요! 바로 준비할게요!"

시간은 시시각각 라이브 개막을 향해 다가가고 있었다—.

"네! 아와유키 씨, 확인 OK입니다!"

"감사합니다!"

스태프의 말에 드디어 한숨 돌릴 수 있었다.

지금 막 내가 등장하는 신의 흐름이나 장비 등의 확인이 끝났다. 아무래도 이걸로 사전확인은 모두 종료인 모양이다. 별다른 문제도 없으니 이제는 우리들이 열심히 하기만 하면 된다.

할 일이 없어진 나는 개막까지 구석의 대기 공간에서 하레루 선배와 휴식을 취하고 있었다.

"긴장하고 있어?"

"아, 역시 티 나요?"

"표정이 딱딱한걸. 다 보여. 뭐, 이해는 해. 누가 뭐래도 오늘은 누계 13억 5천만 명의 에어 기타리스트가 동원되는 초대형 라이브 날이니까."

"그거 굉장하네요. 지구의 에어 기타 경기 인구를 생각하면 다른 별에서도 온 거죠? 라이브장을 알래스카 같은 곳으로 안 옮겨도 괜찮겠어요?"

"알래스카에선 지금 땅을 전부 써서 전 세계 달걀 삶기 선수권을 하고 있어서 어렵거든."

"아하, 그랬군요. 삶은 달걀은 뭘 어떻게 해도 퀄리티에 커다란 차이가 안 생길 것 같지만요……."

"뭐, 괜찮아! 여기도 가로×세로×높이의 공간을 이용하면 분명 손님도 다 들어올 거야!"

"높이라는 건, 관객들을 어깨 위로 차곡차곡 쌓을 생각이군요? 초등학교에서 단체 체조를 배웠던 건 이때를 위해서였네요!"

그렇게 아무렇지도 않게 바보 같은 소리를 하며 웃는 이 시간은, 신기하게도 내 긴장을 풀어주었다.

멀지 않은 곳에선 이미 공연장에 들어온 손님들의 술렁거리는 소리가 들리지만, 이 선배는 평소와 전혀 다를 바 없이 웃고 있었다.

그것이 굉장히 마음이 든든하고, 안심된다. 평생 살면서 이런 경험을 한다는 게 기적 같은 자리다. 대체 이 사람은 무슨 생각을 하고 있을까?

"긴장되네~."

"네?"

그런 생각을 하고 있던 나에게, 하레루 선배가 지금 한 말은 놀라운 것이었다.

"긴장……하는 건가요?"

"물론이지. 심장 소리 들어볼래?"

"저기, 괜찮다면 꼭."

야릇한 생각 따위 요만큼도 없이, 순수하게 지금의 그 말이 정말인지 답을 알고 싶었다.

고개를 세로로 흔들어준 하레루 선배. 내가 몸을 숙이고 그 작은 몸의 가슴팍에 귀를 대자, 확실히 나와 비슷할 정도의 빠른 속도로 심박수를 올리고 있는 심상 소리가 들렸다.

"정말이네요……. 라이브, 무서운 건가요?"

"음~ 라이브는 딱히 무섭진 않아. 반드시 성공시킬 자신이 있어."

"엇, 응? 근데 이렇게 심장이 날뛰고 있잖아요!"

뜻밖이고 당황스러워 갖가지 감정에 휘둘리고 있는 내 눈을, 하레루 선배는 빨려 들어갈 것 같은 시선으로 똑바로 바라보며 말했다.

"동경하는 아와 쨩이랑 같은 무대에 선다. 그래서 긴장하는 거야."

"……네?"

"하레루 씨~! 이제 슬슬 스탠바이 부탁드려요!"

"아, 네~!"

굳어버린 나를 두고, 「그럼 어디 한 번 해볼까!」라며 무대로 걸어가는 하레루 선배.

지금 그건 나를 놀린 건가? 아니, 우쭐대는 걸지도 모르지만 그런 분위기는 아니었던 것 같아.

하레루 선배…… 전에 한 얘기가 정말이라면, 지금까지 온통 얼버무리고 있던 본심. 오늘 가르쳐 주는 거죠?

무대가 암전되고, 다음으로 불빛이 들어왔을 때에는 공연장이 흔들릴 정도의 환성이 올랐다.

아사기리 하레루 솔로 라이브, 【할렐루야】의 개막이다—.

"즐거워 보이네요, 하레루 선배."

"네, 정말로요."

나갈 때가 다가온 나는, 무대 옆에서 매니저인 스즈키 씨랑 함께 차례를 기다리고 있었다.

공연장에서 스크린에 비친 하레루 선배의 아바타가 아이돌 의상을 입고서, 때로는 진심으로 멋지게, 때로는 진심으로 장난을 치면서 관객들을 끓어오르게 만들었다. 관객들도 그에 응해서, 마치 이 공연장 자체가 하나의 생물이 아닐까 싶을 정도의 일체감을 보였다.

그런 가운데 나를 보자면, 긴장이 한 바퀴 돌아가 버렸는지 반대로 신기할 정도로 차분했다. 비현실적인 꿈이라도 꾸는 기분이었다.

"스즈키 씨."

"네?"

"스즈키 씨는 하레루 선배가 어떤 사람이라고 생각해요?"

내가 그런 질문을 한 데엔 이유가 있었다. 아까 하레루 선배의 곧은 시선이 뇌리에서 떨어지지 않았기 때문이다.

스즈키 씨는 나와 다르게, 하레루 선배와는 VTuber 선후배가 아닌 라이브온의 사원이라는 관계다. 나와는 어딘가 다른 관점을 가졌지 않을까 신경 쓰였다.

"그렇네요……. 저에게도 선배인 사람에게 이런 말을 해도 될지 모르겠지만, 참 서투른 사람이에요."

"어, 서툴……러요?"

나는 고개를 갸웃거리지 않을 수 없었다. 그 말은 하레루 선배와 가장 거리가 먼 것 같은 느낌을 받았으니까.

"저도 예전에는 서투르다는 생각은 안 했어요. 하지만 얼마 전에 히나타 씨가 사원 모두에게 왜 이번 라이브를 승낙할 생각이 들었는지 설명을 해줬거든요. 후훗, 그 이유가 너무나도 서툴렀다니까요."

"그런가요……."

"정말로, 머리는 좋지만 서투르고…… 너무나도 올곧은

사람이에요."

그 모습을 떠올리고 웃음을 지으며 말하는 스즈키 씨.

"자, 지금 곡이 예정됐던 마지막 곡입니다……. 하, 지, 만! 여기서 여러분에게 엄청난 서프라이즈를 준비했어요!!"

"—아."

조금 더 물어보고 싶었지만, 아무래도 이제 나갈 시간이 온 모양이다.

"유키 씨, 준비해 주세요."

"네!"

자, 각오를 굳히고 가야지.

그건 그렇고, 남의 라이브에 참가하기만 하는데도 이렇게 정신력이 마모되다니…….

언젠가 내가 하레루 선배의 포지션에서 라이브를 할 때도 오는 걸까……?

"유키 씨."

"네?"

"당신은 분명 본인이 생각하는 것보다 훨씬 더 굉장한 사람이에요. 그러니까 당당하게 가슴을 펴고 다녀오세요."

지금 그 말은 대체 어떤 심경으로 한 것일까. 또, 어떤 의미인지 구체적인 것은 알 수 없었다. 어쩌면 그냥 용기를 주기 위해서일지도 모른다.

그러나—.

"고맙습니다. 다녀올게요!"

지금 나에게 그 말을 부정할 이유는 없었다.

"놀랍게도, 여기서 스페셜 게스트의 등장! 이 피날레를 장식하는 건―! ……코코로네 아와유키 쨩이다아아아아아!!"

"여러분, 안녕하세요~! 코코로네 아와유키라고 합니다!"

공연장이 터져 버릴 것 같은 환성에 휩싸였다. 라이버 인생에서 이 정도로 시청자들과 거리가 가까운 건 처음이다.

그건 그렇고, 갑작스러운 등장인데 다들 따뜻하구나아…….「슈와 쨩~」이나「아와 쨩~」같은 함성이 내 등을 지탱해 준다.

"아왓치! 오늘은 와줘서 정말 고마워!"

"이쪽이야말로. 이런 자리에 불러주셔서 참으로 영광이에요."

"하지만 이렇게나 많은 사람이 보고 있으니까 긴장해서 목마르지? 일단 서로 물이라도 마시자."

"그렇네요(푸슉!)."

"응?"

"네?"

"어, 지금 뭐 땄어?"

"물인데요?"

"정말? 도저히 순진무구한 물에서는 나오는 소리가 아닌 것 같은데…… 뭐, 됐어. 나도 마셔야지~ 꿀꺽꿀꺽꿀꺽."

"꿀꺽꿀꺽꿀꺽…… 으으으응기이분죽인다아아아아!!"

"엥?"

"응, 뭔데요?"

"아니, 지금 도저히 물을 마셨다고 생각하기 어려운 소리 내지 않았어?"

"목이 말라서 참 맛있었거든요."

"정말로? 혹시 스트롱한 녀석을 마신 건 아니고?"

"뭐, 그것도 넓은 의미로는 물이니까요."

"역시 스○○로 마신 거잖아!"

이렇게 처음부터 공연장이 웃음으로 휩싸이고, 나도 스○○로 덕분에 진심을 낼 수 있다. 일석이조로 시작이 좋다!

사전에 면밀하게 하레루 선배와 계획한 대로, 완벽한 흐름이라고 할 수 있겠어.

"자, 어째서 이 타이밍에 슈왓치가 나왔냐 하면 말이지. 사실 짜잘한 걸 빼고 나면 이게 우리들의 첫 콜라보가 된단 말이지."

"요전에 첫 콜라보는 성대하게 하고 싶다고 했으니까요!"

"거기에 라이브온 초대 에이스랑 차세대 에이스의 콜라보거든? 소홀히 할 수는 없는 법이야!"

"그래서 이번에는?"

"이번에는~?"

""둘이서 노래하는 완전 신곡을 최초 공개하려고 합니다!!""

그 말에 이끌려 공연장에는 오늘 최대 수준의 함성이 퍼졌다. 좋아좋아좋아! 분위기 최고다!!

자, 이제 여기서 곡이 흐르면—.

“앗, 하지만 그 전에…… 내가 슈왓치랑 시청자들, 그리고 라이브온의 라이버 모두에게 들려주고 싶은 곡이 한 곡 있습니다.”

…………네?

“작사 작곡은 나, 곡명은 【나의 이야기】. 오늘을 위해서 만든 곡이고, 아마 다시 노래하는 일은 없을 거야. 엄청 레어하지?”

“네? 이건 뭔가요? 저는 못 들었는데…….”

다시 한번 함성으로 끓어오르는 공연장과 대조적으로, 대본에 없었던 흐름이라 뭐가 뭔지 모르는 나는 완전히 당황해서 나무처럼 우두커니 서서 굳어 버렸다.

그런 나를 하레루 선배가 또 그 곧은 시선으로 직시했다.

“서프라이즈야, 서프라이즈! 뭐, 다들 기뻐해 줄 내용인지는 미묘하지만…… 그래도, 들어주면 좋겠어.”

정말로 비겁하다니까. 그런 눈으로 바라보면 어떤 상황에 몰려도 고개를 세로로 끄덕이는 수밖에 없다.

정말로 죄가 많은 사람이야. 나를 대체 얼마나 휘두르고 다닐 셈이지?

정말로 난처한 사람이자— 내가 구원받은 계기를 준 소

중한 은인.

어떤 것이든 기꺼이 지켜볼게요.

"후우…… 위험해! 역시 엄청 창피할 것 같아! 있잖아, 진짜로 그냥 내 이야기니까 이런 거 싫은 사람은 음소거 권장이야. 손으로 귀를 막고 인력 음소거 잘 부탁해! …… 오케이? 준비됐어? 그러면…… 음악 부탁해요."

밴드가 연주하는 느긋한 어쿠스틱 기타의, 마치 물방울이 파릇한 이파리에서 떨어지듯 섬세한 음색으로 노래가 시작됐다.

거기서부터는 그저 하염없이 같은 멜로디가 반복되고, 하레루 선배가 가사를 얹었다.

담담하게 진행되는 그 노래는 마치 옛날이야기나 동화를 듣고 있는 것 같아서, 노래보다는 정말로 이야기라고 하는 편이 좋을지도 모르겠다.

그것은 한 소녀의 궤적—.

어떤 극히 평범한 가정에 태양의 이름을 가진, 한 명의 소녀가 태어났다.

소녀는 그야말로 정말 머리가 좋았다. 소녀는 온갖 사물을 한 번 보기만 해도 이해하고, 자신의 힘으로 발전시켰다……. 그래서 천재로서 그녀의 이름이 퍼지는 것은 순식간이었다.

그러나 그녀의 특이함은 학업이 아닌 면에도 뻗어있었다. 상식 밖의 호기심을 가진 소녀는 평범하다고 불리는 울타리 속의 사람들이 이해할 수 없는 것에 흥미를 가지고, 어린아이답게 마음 가는 대로 기행이라 불릴 법한 행동을 반복했다. 소녀의 지능은 너무나도 뛰어나, 대다수가 만든 평범한 울타리 안에 담을 수가 없었다.

이윽고 또래 아이들이나 일부 어른들이 그녀의 모습을 꺼리게 되는 현상이 일어났다.

사람은 자신과 같은 생물임에도 자신이 이해할 수 없는 존재가 가까이 있으면 커다란 불안감을 느끼는 동물이다. 결과적으로 사람들은 자신이 가진 평범한 울타리에 담길 수 있는 인간끼리 결속하여, 안심할 수 있는 환경을 만들었다.

소녀는 고독해지고 말았다.

그럼에도 소녀는 대단히 머리가 좋았다.

어딘가 갑갑함을 느끼면서 생활하던 소녀는, 사춘기에

접어들면서 자신이 왜 주변 환경에 적응할 수 없는지를 생각하기 시작했다. 소녀는 사고를 거듭한 결과, 어엿하게 그 대답을 이끌어냈다. 소녀는 평범한 울타리를 배우고, 이해하고, 자신을 그 울타리 안에 억지로 집어넣어 주위에 적응하는 것을 시도했다.

소녀는 계획대로 고독하지 않게 됐다.

—진정한 자기 자신을 제물로 바쳐서 말이다.

그대로 소녀는 성장을 거듭하여, 깨닫고 보니 대학생이 되었다. 이제 소녀가 아닌, 어엿한 한 명의 여성이다.

남들과 비슷한 생활환경에 공부도 물론 잘한다. 하지만 어쩐지 갑갑하고 마음에 구멍이 뚫린 것 같은 나날이 반복됐다.

충돌이나 사랑 따위의 청춘이라고 불리는 것은 일절 경험하지 않았다. 만들어진 평범함을 연기하며, 스스로를 억지로 꾸며내 살아가는 자신에게 있어, 그녀는 누군가의 마음을 움직이는 것이 용납되지 않는다고 생각했다. 그래서 타인 앞에서는 그저 하염없이 제자리에 서 있기만 하는 공기 같은 존재가 되려고 마음먹었다.

그러나 대학생활은 지금처럼 허무하게 지나가지는 않았다. 대학에는 친구라 부를 수 있는 네 명의 사람이 생겼다.

그 네 사람은 잘라 말해 대학 안에서 붕 떠 있었고, 공부를 못하는 건 아니지만 꿈을 좇으며 어린 시절을 잊지 못

하는 그런 사람들이었다.

하지만 그런 사람들이었기 때문일지도 모른다. 대학에서 바보 같은 짓을 하면서 들뜨고, 때로는 혼나고 반성하며, 그래도 하고 싶은 일이 생기면 일단 해본다. 그런 네 사람을 보는 것이 그녀는 신기하게도 좋았다.

그녀는 네 사람의 모습에서 봉인했던 본래의 자신다움을 본 것 같아서 강하게 마음이 움직이고 있었다. 용기를 내어 말을 건 그녀를, 네 사람은 따스하게 맞이해 주었다.

지금까지 해왔던 것처럼 자신을 꾸미고는 있지만, 네 사람 덕분에 여태까지와는 조금 다른 생활. 그러나 그것도 대학 졸업이 다가오면서 끝날 조짐을 보이기 시작했다.

그런 상황에서, 네 명 중 한 여성이 이런 말을 꺼냈다.

"나는 창업해서 사장이 될 거야! 그러니까 다들 나를 따르라!"

정말로 갑작스러운 일이라, 아무리 그래도 그녀를 포함한 나머지 네 명은 당황했다. 그 여성은 어째서 그렇게 생각했는지 그 경위를 마치 무용담처럼 소리 높여 설명하기 시작했다.

그러나 그 이유도 「사장이라고 불리는 인생을 걷고 싶어!」라거나 「어째서 창업해서 사장부터 시작할 수 있는 길이 있는데, 다들 신입사원의 길을 고르는 거야?」라거나 「IT! 시대는 역시 IT라니까! 젊은이의 최첨단 지식을 살려서 이 시대를 휘어잡으러 안 갈래?」라는 등, 앞날이 깜깜한 게 눈에 보이는 꼴이었다.

그녀는 당연히 쓴웃음을 지었지만, 다른 세 명의 반응은…… 설마 했던 적극 참가였다.

결과적으로 정말 창업을 하게 되어서, 고민한 끝에 그녀도 따라가기로 했다.

이때 그녀의 심경을 말하자면, 대학 생활을 즐겁게 만들어줬던 그들에게 조금이나마 은혜를 갚고 싶다. 그리고 가능하다면 조금만 더 이 바보 같은 네 명을 곁에서 보고 싶다— 그런 마음이었다.

그렇게 신생 IT 중소기업, 【라이브온】의 창립 멤버로 사회인 생활이 시작되고 만 것이었다.

처음에는…… 당연하지만 그야말로 비참했다. 아무리 그래도 계획성이 너무 없었다. 다섯 명은 세상의 엄격함을 통감하고 있었다.

하루가 지날수록 물러설 곳이 사라지는 가운데, 지금까지는 어디까지나 철저하게 지원만 하고 있던 그녀는 당시에 유행의 조짐을 아주 약간 보이기 시작한 【VTuber】를 눈여겨보았다. 그렇게 친구들을 구하기 위해 처음으로 스스로 신사업을 제안했다.

회사에 남은 자금과 자신들이 가진 지능, 시간을 전부 활용해서 배수의 진을 치고, 어떻게든 실천 가능한 형태까지 발전시켜 마침내 시운전 단계까지 몰고 갔다.

그러나 그녀는 여기서부터가 진짜 시작이라는 걸 깨닫고 있었다. VTuber의 아바타를 만들어도, 그것만으로 인기가 생기지 않는다. 임팩트 있는 인품이 성공의 필수 조건이었다.

그녀는 본인의 의지로 시운전 VTuber「아사기리 하레루」가 되었다—.

머리가 좋은 그녀는 자신의 개성이 강렬한 임팩트를 가졌으며, 좋든 나쁘든 사람들의 흥미를 끈다는 것을 지금까지의 경험으로 깨닫고 있었다. 특이한 사람을 좋아하는 인터넷에서는 아마도 그것이 좋은 방향으로 기울 것이다. 그걸 활용하고자 생각했다.

그녀는 무서웠다. 성공의 줄거리는 보였지만, 이것을 계기로 네 명의 친구들이 자신을 기분 나빠하고, 꺼리고, 또 옛날처럼 허무한 생활로 돌아가는 게 아닐까 걱정했기 때문이다.

그러나 그녀는 거기서 멈추지 않았다. 설령 네 사람에게 미움받아 멀어지게 되더라도, 이 VTuber 사업의 노하우와 라이브온의 지명도를 통해 회사를 키울 수만 있다면 은혜는 갚을 수 있다고 생각했다.

눈물을 삼키고, 각오를 굳힌 그녀는 방송을 시작했다—.

그리고 몇 개월 뒤, 그녀는 라이브온의 사무소에서 네 명과 함께 사업의 성공을 축하하며 활짝 웃고 있었다.

일은 완전히 그녀의 계획대로 진행됐다. 유일하게 계획에서 벗어났던 것은, 네 명이 그녀의 진짜 모습을 긍정적으로 받아들여 준 것이다.

"왜 지금까지 비밀로 했어!"

그렇게 말한 네 명 중 한 명은 그녀의 머리를 마구 헝클어뜨리고, 한 명은 등을 찰싹찰싹 때리고, 한 명은 방송 아카이브를 회사 안에서 큰 소리로 틀어놓고, 남은 한 명은 그 모습을 보고 깔깔 웃으며 호화로운 배달음식을 주문했다.

그녀의 진짜 모습을 은인이라고 부르며, 또 친구라고 불러준 네 명—.

그녀는 라이브온에서, 어린 시절 이후 처음으로 남들 앞에서 진정한 자신을 드러내게 되었다—.

이윽고 후배 라이버도 늘어나고, 회사 경영도 안정됐다. 따분한 그녀는 이제 없다.

"……그리고 그녀는, 여기서 내가 된다—."

그 말과 함께 곡은 조용히 끝을 맞이했다.

라이브장은 곡의 흐름을 따라 조용해졌지만, 한계까지 부풀어 오른 풍선처럼 신기한 고양감에 휩싸여 있었다.

그리고 한 명의 관객이 박수를 시작했을 때, 그 풍선은 회장 전체에 성대한 박수 소리와 함성을 울리면서 파열했다.

아무도 몰랐던 아사기리 하레루의 성장 배경. 그리고 라이브온의 탄생 비화까지 이 곡에 담겨 있었다. 그 충격은 나도 포함해서 헤아릴 수가 없었다.

“네! 이상 성대한 나의 이야기였습니다! 우와아, 역시 창피해! 이거 창피해! 완전 흑역사 확정이잖아! 히야아~!!”

뭐, 이 자리의 원흉인 하레루 선배는 그렇게 말하면서 몸을 배배 꼬고 몸부림치고 있지만…… 그 모습을 보고 더욱이 훈훈한 분위기가 공연장을 감싸기 시작했으니 아마 역효과다.

“뭐, 그러니까. 내가 스스로 이런 공개처형을 한 것에는 제대로 이유가 있어서— 야! 지금 울먹이면서 『다행이야』라고 한 거 누구야! 그렇게 감상적으로 되지 않아도 돼! 아니, 그러니까 『태어나줘서 고마워』가 아니고…… 아아, 정말! 내 말을 들어어!!”

하레루 선배는 당장이라도 공연장에서 도망칠 것처럼 얼굴이 새빨개져서 흐트러지면서도, 헛기침하며 이번에는 나를 돌아보았다.

"하레루 선배. 아까 섭취한 스○○로가 눈에서 흘러나오고 있는데, 어떡하면 좋죠?"

"내 알 바야? 하다못해 내놓을 거면 제대로 된 수단으로 배설해주시길."

"코코로네 아와유키, 스○○로 골든 샤워! 갑니다!"

"아니, 미안. 내가 잘못했어. 수만 명 단위 앞에서 지리는 건 자기 방송에서 부탁해. 그리고 어째서 건○의 출격 장면처럼 말하는 거야?"

하레루 선배와 마주 보며 웃었다. 다행이야. 너무 고양된 마음이 마침내 정상으로 돌아왔을지도 모른다. 스○○로 만세! 아니, 오히려 여기까지 오면 스○○로 엑스포를 열면 좋지 않을까? 태양의 탑이 아닌 스○○로의 탑을 세워서 모두 숭배하는 거야.

"그래그래. 그러면 계속할게. 그리고 지금까지 이건 그냥 옛날이야기야. 오히려 여기서부터가 메인이야!"

그 말에 또다시 커다랗게 끓어오르기 시작하는 공연장. 이럴 수가, 이 정도로 끓어올랐는데 아무래도 이 사람은 아직 만족하지 못하는 모양이다.

여전히 빠르게 뛰는 심장을 일단 호흡으로 진정시키고, 그녀의 말을 마음에 새겨 두자.

"뭐, 그렇게 돼서 지금의 내가 여기에 서 있는 건데, 다들 알았지? 지금까지의 내 행동이념은 신세를 진 라이브온을 위해서였단 말이야. 그래서 나는 라이브온의 라이버보다는 라이브온의 사원이라는 자기인식이 강했어. 사원겸임인 건 방송에서도 말한 적 있으니까, 아는 사람도 많을 거라고 생각해."

그 말에 공연장 전체가 다시 한번 귀를 기울이기 시작했다. 하레루 선배의 음색이 진지한 톤으로 돌아와 있었다.

"처음부터 라이브온을 구하기 위해서였지, 스스로 라이버가 되고 싶다고 생각했던 건 아니었어. 이거, 뭔가 미묘하지 않아? 그렇게 생각하지 않는 사람이 있을지도 모르지만, 내 생각은 그래. 어쩐지 삐딱하게 기울어진 느낌이 들어. 그래서…… 후배 라이버가 성장해서, 이제 내가 없어도 괜찮아졌을 때 말이야…… 물러날 생각이었어. 이번에는 무대 뒤에서 라이브온을 지탱할까 해서. 제멋대로라서 미안. 하지만 이런 마음으로 모두 앞에 나서는 게 나에겐 굉장히 마음의 빚이라고 느꼈어. 정말로 미안해요."

하레루 선배가 깊숙하게 고개를 숙였다. 그 모습을 본 공연장은 한순간에 소리를 삼켰다.

나를 포함하여 모두가 놀란 나머지 말을 잊고 망연히 서 있었다.

지금 그 말의 의미— 다시 말해서 그것은 아사기리 하레루의 은퇴를 뜻했다.

마치 금붕어처럼 소리도 못 내고 입을 뻐끔거리는 수밖에 없는 나를 두고서, 고개를 든 하레루 선배가 말을 이었다.

"벌써 라이브온은 상당히 커졌어. 2기생이 열심히 하고, 3기생도 노력하고, 지금은 4기생까지 있어. 이제 나는 아사기리 하레루의 라이브온이 아니라, 라이브온의 아사기리 하레루가 되었다고 생각해. 분명히 이제 나 한 명 없어도 라이브온은 무너지지 않아."

나는…… 납득할 수 없었다.

그렇지만, 그때 말했잖아요! 은퇴는 안 한다고!

분명히 들었다. 지금도 그 말을 들었을 때 안심했던 걸 기억한다. 나는 이 정도로 멈출 인재가 아니라고도 했는데!

라이브 중인 것도 잊고, 그렇게 말하려고 한 그때였다—.

"……하지만!!"

여태까지와 딴판으로 시원스러운 목소리가 울렸다. 하레루 선배는 웃고 있었다. 두 눈은 반짝이고 있었다. 그 모습은 어디까지나— 아사기리 하레루였다.

"또 하나의 감정이 나한테 생겼어! 분명 계기는 2기생이 유명해지기 시작했을 무렵. 그리고 그걸 확신한 건…… 오늘 여기 와준 코코로네 아와유키 짱이 그 방송 종료 깜박 사건으로 화제가 폭발했을 때야."

하레루 선배가 내 정면으로 다가와 그 곧은 눈에 더욱 빛을 뿜으며, 맥이 빠진 내 얼굴을 비추고 있었다.

"얼마나 즐거워 보이는 사람들인지. 천재라고 불린 이 내가, 전혀 예상도 못 했어—. 이 사람들을 더 알고 싶다. 이 사람들과 더 친해지고 싶다. 이 사람들과 함께 무대에 서고 싶다…… 그렇게 생각했어. 처음에는 다른 라이버가 돼서 입장 따위 신경 안 쓰고 곁에서 바라보고 싶다고 생각했는데, 그것만으로는 만족 못 해……. 나란 인간이 진정한 나인 채로 모두와 함께 있고 싶어. 나는 VTuber가 되고 싶어. —그렇게 생각할 정도로 마음이 부풀어 올랐어."

—아아, 그렇구나. 이제야 아까 스즈키 씨가 한 말의 의미를 이해한 것 같아.

"그래서 말이야. 얼마 전에 그 친구 네 명한테 말했어. 라이버 활동에 더 전념하고 싶다고. 하지만 업무 관련해서 부담을 주게 될 것 같아 무리라면 포기하겠다고. 그랬더니, 『드디어 자기 입으로 하고 싶다고 말을 했구나』라지 뭐야? 『언제나 스스로를 희생해서까지 우리를 위해 행동해 줬으니까, 하고 싶은 일을 말해줘서 기뻐』라고. 『하레루랑 비교하면 우리들은 바보지만 그래도 성장했거든』이라고! 『그러니까 걱정 말고 다녀와』라고!!"

나랑 관객들 쪽을 교대로 보면서, 눈물을 흘리며 말하는 하레루 선배.

지금까지 그녀를 구름 위의 사람이라고 생각했다. 나하고는 다른 세상에 산다고 멋대로 생각했다.

"그 뒤에 라이브온 사원 모두에게도 얘기했더니, 나에게 다녀오라고 말해줬어. 그러니까, 다들, 내 억지를 들어주세요! 지금 설명으로 나에게 실망한 사람도 있을지 몰라. 싫어하게 된 사람도 있을지 몰라. 하지만 반드시 한 번 더 돌아보게 할 거야. 그러니까…… 제가 VTuber가 되게 해주세요!!"

하지만 나는 틀렸다. 하레루 선배는 나랑 마찬가지로, 남들보다 조금 머리가 좋지만 어긋난 일을 못 하는 서투른— 그저 한 명의 여자애였다.

하레루 선배가 다시 한번 크게 고개를 숙였을 때, 과장이 아니라 공연장이 무너지는 게 아닐까 싶을 정도로 크나큰 함성이 올랐다. 몸 전체가 마치 하나의 심장이 된 것처럼 중심에서부터 튀어 오를 것 같았다.

고개를 든 하레루 선배가 이번엔 나에게 손을 내밀었다.

"부탁해, 슈왓치. 내 억지, 들어줄래? 슈왓치가 결정타가 돼서 나는 지금 이렇게 됐거든? 위도 아래도 왼쪽도 오른쪽도 아니야. 너희들과 같은 무대에 서고 싶어. 신인 라이버 아사기리 하레루를 받아들여 줄래?"

나는 신기하게 눈물이 흐르고 있었다.

그러나 내가, 그런 자그마한 인간이었던 내가 은인이었던 하레루 선배에게 이런 마음을 품게 한 것. 자신이 이 정도로 남에게 영향을 끼치는 존재로 성장한 것이 기쁘고 기쁘며 기뻐서…….

과거를 돌이켜보면 나 스스로도 시간이 흐르면서 의식의 차이가 생겼던 것을 깨달았다.

처음에는 나조차 자신을 인정을 못 하고 마음 약한 발언을 할 때가 많았다. 그렇지만 어느 때부턴가 3기생의 에이스라고 불리는 것에 자부심을 가지게 되고, 선배로서 카에루 쨩을 비롯한 후배들의 힘이 되어주게 됐다.

안 되겠어. 마음에 휘몰아치는 감정의 폭풍은 내 이해를 진작에 넘어 있었다.

다만, 그래도— 내가 그 손을 잡는 것에 망설임은 없었다.

나랑 하레루 선배, 두 사람이 손을 굳게 맞잡은 순간. 밴드가 예정돼 있던 서프라이즈 신곡 연주를 시작했다.

"좋아! 그러면 들어주세요! 작사, 작곡은 나!"

"완전 최초 공개하는 콜라보 신곡! 곡명은—."

""【다이아몬드 더스트】!!""

맑은 아침 햇살이 눈에 반사되어, 떠도는 안개가 다이아몬드처럼 반짝인다.

대형 신인 VTuber

"안녕하세요, 여러분. 오늘 밤도 예쁜 담설이 내리고 있네요, 코코로네 아와유키입니다."

"네~에네네네네! 모두의 하트에 라이징 선, 신인

VTuber 아사기리 하레루입니다~!"

"어머, 지금까지 그런 인사를 했던가요?"

"신인 VTuber니까. 이름을 기억에 남기게 하려고 확 끌리는 새로운 인사를 생각해봤어!"

"그렇군요, 좋은 마음가짐이네요. 언제 생각한 건가요?"

"역시 말이야. 이런 건 어느 순간 하늘에서 문득 내려오는 거라고 생각하거든. 그래서 지금 이 순간에 하늘의 목소리를 따른 거야."

"그러니까 방금 급조한 거네요."

: ¥50,000

: 시작하자마자 무언 한도 슈퍼챗ㅋㅋ

: 라이브 최고였어~!

: 첫 콜라보가 라이브, 다음이 오프 콜라보인게 웃김ㅋㅋ 순서가 엉망이잖아!

: 오기로라도 직접 만나는 노가드 스타일.

: 신인……?

아사기리 하레루 솔로 라이브【할렐루야】가 끝나고 하룻밤이 지났다.

오늘은 하레루 선배를 집으로 초대해, 둘이서 라이브 돌아보기 겸 잡담 방송을 한다.

그렇게 달아올랐던 라이브 직후의 방송이라 그런지 동시 시청자 수가 터무니없지만, 어떻게든 평상심을 유지하면서 가야지.

“어~ 그렇게 돼서, 다시 한번 라이브온 1기생의 신인 라이버 아사기리 하레루입니다. 다들 헬로~!”

“이거 또 포지션을 알 수 없는 사람이 나타났네요. 선배 후배 중 어느 쪽인가요?”

“모두의 후배이기도 하고, 선배이기도 하며, 동기이기도 하다. 그런 존재야!”

“그러니까 편리한 여자란 거군요. 완전히 기억했어요.”

“어, 어라? 어쩐지 어폐가 있는 것 같은데?”

“아닌가요?”

“아니야.”

“그러면 옵션이 풍부한 여자란 거군요. 몸에 새겨서 기억했어요.”

“그거, 언뜻 보면 몸을 던지며 옵션이 풍부하다고 자칭하는 위험한 문신녀인걸?”

“문신 문화를 모조리 부정하는 건 좀 낡은 생각이에요.”

“아니, 부정하는 건 그 내용이거든!”

“네, 농담은 여기까지 하고. 모르는 분을 위해 간단히 설명하자면, 어제 라이브로 심기일전하게 된 하레루 선배가 NG를 없앤 거랍니다. 다들 따스하게 지켜봐 주세요.”

“응. 아예 과거 개변을 하기 시작했네. 어제의 눈물은 오늘의 애액이란 거구나.”

"무슨 말을 하는 건가요? 섹드립은 떼끼, 합니다."

"우와아아아아아이녀석뭐냐고오오오오오!!!!"

: ㄹㅇㅋㅋ 대체 뭐야?

: 둘이 엄청 친해졌잖아ㅋㅋㅋ

: 카탓타에서 라이브 뒤풀이를 했다고 했으니까, 그때 친해진 거겠지.

: 지금까지 숭배하던 언동이 거짓말 같은걸.

: 실질적으로 모든 라이브온 라이버를 낳은 사람이라. 이건 대형 신인이 틀림없어.

: 어제의 흐름을 본 다음이라 자연스럽게 눈물이 나와. 하레룽, 다행이야……. 너무 울어서 입과 아래 입이 침으로 범벅이야.

: 어수선한 틈에 한 발 뽑으면서 공해를 곳곳에 뿌리지 마.

: 아래 입이라고 하니까 여자애일지도 모르잖아?

: 신성한 행위로 세상에 공헌한 게 자랑스럽지 않아?

: 태세전환을 그렌○간 마냥 하지 마.

채팅창에도 적혀 있듯, 어제 라이브가 끝난 뒤에 출연 라이버와 스탭들이 성공을 축하하며 뒤풀이를 가졌다.

수치심으로 얼굴이 새빨개져 얌전해진 하레루 선배를 볼 수 있어서 참으로 즐거운 시간이었다. 특히 인상적이었던 건 그 자리에 있던 라이버들에게 이제부터는 동기라고 생각해 달라고 말하는 하레루 선배의 모습. 다들 흐뭇한 눈으로 응답해주는 장면은 참으로 감동적이었다.

마지막 무대를 장식하게 된 나하고는 그야말로 이야기가 달아올라서, 지금 같은 러프한 관계가 되기까지 했다.

아아, 정말 옆에 오도카니 앉아 있는 하레루 선배는 완전 귀엽다니까아~!!

"어, 뭐야? 왜 갑자기 끌어안는 거야?"

"귀엽네에~."

"어, 어째서 나한테 부조리한 말을 한 다음에 갑자기 꼬시는 거야? 온도 차이가 장난 아니어서 태양의 불꽃이 꺼질 것 같아. 세상의 위기야! 이러고 갑자기 따귀를 맞으면 아마 머리에 버그가 걸려서 이상해질 거야."

"에이, 진정해요."

"저기, 왜 나를 무릎 위에 갑자기 앉히는 거야? 정말로 버그 걸리거든? 나, 천재니까 당황하는 거에 내성이 없거든?"

오호~! 이름과 겉모습을 배신하지 않고 뽀송뽀송 따끈따끈하구만~!

"그렇게 됐으니, 하레루 선배는 내 후배라고도 부를 수 있는 인물이 된 겁니다. 아, 어쩐지 배가 고프네요. 자, 얼른 식빵 사 와."

"어라? 혹시 나는 페르마의 마지막 정리급 난제를 만난 거야? 아왓치의 머릿속을 전혀 증명할 수가 없어."

: 과거에 하레룽이 이 정도로 휘둘린 적이 있었나?

: 페이스를 따라잡으면 하레룽도 전력을 다해 달리겠지만, 이건 아와 쨩이 강해. 노도의 공세로 굳히고 있어!

: 하레룽은 은근슬쩍 태클도 거는 게 장난 아님. 방어도 일류인 건 강자의 증거다.

: 요즘 아와 쨩이 스○○로 없이도 평범하게 강해서 두려워.

: 아까부터 배틀이 펼쳐지는 것 같은데ㅋㅋ 스트리머란 대체…….

“자자, 왜 그래요? 식빵이 아니라 바게트 빵이라도 괜찮은데요?”

“끄응~! 아왓치, 나 말고 다른 후배한테는 좀 더 상냥했잖아!”

“지금까지 잔뜩 가지고 논 앙갚음이에요. 자, 덤으로 건빵도 사오세요.”

“저기, 어째서 아까부터 그렇게 기호가 낮은 빵들뿐이야? 빵을 반찬 삼아 빵을 먹을 셈이야? 입안이 바싹 마르거든? 하다못해 야채빵 같은 걸로 하자…….”

“하지만 정말로 배고프네요. 햄이랑 치즈 올려서 식빵 구워올게요.”

“그건 아침 식사잖아!”

“하레루 선배도 먹을래요?”

“먹을래~!”

“우물우물우물…… 맛있어!”

"그렇네요오. 꽝이 없는 왕도의 맛입니다."

"역시 아왓치의 모유로 생성한 아왓치즈. 농후하고 잘 늘어나네."

"마트에서 파는 치즈예요. 이상한 거 만들지 말아 주세요."

"그랬구나. 확실히 쌉싸름한 맛도, 레몬의 산미도, 알코올 냄새도 안 나. 내가 잘못 알았나 봐."

"섭취한 걸로 맛이 바뀌다니, 저는 무슨 성게 같은 건가요……?"

"성게 울음소리 흉내 냅니다. 성게에~!"

"응?"

"솔직히 미안했습니다. 성게에……."

"사과하면서도 그만두지 않는다. 이건 새롭네요."

다 구운 햄 치즈 빵을 한 입 베어 물고 덤으로 커피를 한 모금 마셨다. 그렇게 느긋하게 대화를 한 뒤, 슬슬 라이브를 돌아보기로 했다.

"하레루 선배. 일단 이번 라이브에 대한 전체적인 감상은 어떤가요?"

"음~. ……좋은 추억이 된 건 틀림없을 거야. 하지만……."

"하지만?"

"흑역사가 된 장면이 너무 많아서, 만약 나중에 블루레이 디스크로 영상이 제작되더라도 나는 못 볼 것 같아."

"네에~! 갑작스럽지만 아와유키, 노래합니다! 곡명은 나의 이야기. 작사, 작곡은 아사기리 하레루. 그러면 들어주세요!"

"그만둬—! 죽고 싶지 않아! 죽고 싶지 않아!"

"꺅! 하레루 선배, 발버둥 치지 마오부붑!"

무릎 위에 앉혔던 하레루 선배가 억지로 내 입을 틀어막았다.

그대로 노래하려는 나와 오기로라도 입을 막으려는 하레루 선배. 둘이서 꺅꺅거리며 뒤엉키는 몸부림으로 발전하고, 끝날 무렵에는 서로 웃으면서도 약간 허억허억 숨이 차올라 있었다.

: 어딘가 조금 센시티브.

: 야햇!

: 반짝! 잔상권이 번뜩였다![#35] 4545454545454545

: 로○싱 사가에 사과해라ㅋㅋ

: 존귀하구나 ¥1,000

: 가짜 아○기[#36], 최고야. 그 절묘한 짭 느낌은 빠지면 헤어날 수가 없지.

: 가짜 아○기, 헌혈 홍보 캐릭터로 안 되려나?

: 헌혈은커녕 죽을 때까지 피를 뽑힐 것 같음ㅋㅋ

#35 번뜩였다! 게임 「로맨싱 사가」 시리즈의 스킬 시스템. 전투 중 반짝이는 전구와 함께 스킬을 떠올리게 되면 다음 턴부터 사용할 수 있게 된다.

#36 가짜 아○기 만화 「아카기 ~어둠에 춤추듯 내려온 천재~」에 등장한 캐릭터. 본명은 히라야마 유키오이나, 「가짜 아카기」로 불린다. 작중 점수에 따라 피를 뽑는 채혈 마작에서 패배, 끌려나가면서 「죽고 싶지 않아!」라는 묘한 톤의 명대사를 남기고 사망했다.

: 마작 치면서 마이너스 점수로 헌혈은 조금 해보고 싶네.

: 천재, 나타나다.

"후우, 하레루 선배. 일단 진정하죠."

"그렇네. 라이브 이야기로 돌아가자~."

"뭐부터 얘기할까요? 2기생이 와준 장면?"

"아, 그거 좋네. 그 얘기 하자! 와준 사람은 알 거라고 생각하지만, 오시오랑 세이세이랑 네코마~도 와줬단 말이지~!"

세이세이는 월크 때도 나왔지만 세이 님을, 오시오는 시온 선배를 부르는 하레루 선배 특유의 호칭이다.

지금은 여러 사람이 쓰고 있는 네코마 선배의 네코마~라는 어딘가 느긋한 별명도, 처음엔 하레루 선배가 부른 것이기도 하다.

"이야~. 그 순간은 정말 달아올랐었지! 세 사람은 바쁜 와중에 시간을 쪼개서 와줬으니까 감사할 따름이야. 이 자리를 빌려서 감사드립니다."

"이 네 사람이 모인 건 꽤 오랜만이죠. 그것도 달아오른 요인 중 하나일 거예요."

"그렇네. 3기생이 들어오기 전, 그러니까 네 명밖에 없을 때는 자주 모였었지. 인원이 늘어나면서 이렇게만 모이는 건 자연스럽게 드물어졌어."

"2기생들끼리는 지금도 가끔 보이지만요."

"아하하. 그건 예의 그 건이 있었으니, 그 무렵의 나는 2

기생에게 방해가 되지 않도록 일부러 피하고 있었으니까."

"아아, 그렇군요."

여기서 말하는 「예의 그 건」이란, 은퇴도 생각하고 있었다는 이야기겠지.

처음에는 서포트를 위해서도 2기생 콜라보에 자주 나타났었지만, 2기생이 성장하면서 멀어졌다는 거다.

그렇게 생각하자 분명 그 무렵의 하레루 선배는 굳이 따지자면 보호자나 선생님 같은 위치에서 후배들을 지켜보고 있었다는 걸 알 수 있다.

〈카미나리 시온〉: 부디 또 모여요!

〈우츠키 세이〉: 그렇네. 아까 하레루 군이 먼저 동기 같은 거라고 했으니까, 다음은 알지?

〈히루네 네코마〉: 네코마의 화제를 완벽하게 이해할 수 있는 건 하레루 선배 정도밖에 없어~.

: 앗(승천함ㅂㅂ)

: 2기생, 따뜻하구만~.

"봐요. 2기생 여러분도 그렇게 말하잖아요, 하레루 선배?"

"아하하. 그러면 다음에 다 같이 콜라보하자. 또 그 무렵처럼 나랑 세이세이랑 네코마~가 하염없이 떠들어대고, 오시오가 태클을…… 훌쩍."

"하레루 선배, 여기 티슈요."

"응, 고마워."

눈물을 닦는 하레루 선배. 이렇게 작은 몸으로 얼마나 많은 짐을 지고 살아왔었는지 깨닫게 된다.

지금까지 신세를 진 만큼, 이번에는 우리가 그 짐을 내려줄 장소가 되어 줘야지.

“후우, 실례. 그러니까, 맞다. 공연장에 2기생이 와줘서, 같이 옛날 일들을 돌아본 다음에 한 곡 노래했었지.”

“저도 한 명의 팬으로서 관객석에서 보고 싶었어요.”

“아~. 그 라이브의 일체감은 분명히 체험해보고 싶지. 그래도 안~ 돼. 아왓치는 라이브 마지막에 큰 역할이 있으니까!”

“후훗. 분명히 그렇네요. 실례했습니다.”

음, 어쩐지 울적한 분위기가 되어 버렸네. 가능하면 이어지는 주제는 밝게 이야기하고 싶으니까, 조금 잡담이라도 끼워서 무드를 만들어 볼까.

“아, 그러고 보니 하레루 선배.”

“응~?”

“아까 문신 이야기가 나왔잖아요. 혹시 2기생이 문신을 한다면 어떤 걸 할 거라고 생각해요? 저기, 세이 님은 어울릴 것 같고.”

“아~ 그러게. 세이세이는 하트에 날개가 돋은 핑크색 문양이 의상의 하복부에 들어가 있는데, 맨살에도 있을 것 같단 말이야.”

"아~ 그거 완전 공감해요. 분명히 있을 거예요."

"그럼그럼, 있지. 틀림없어."

"결론, 세이 님에겐 있다."

〈우츠키 세이〉: 어라? 어쩐지 어느샌가 추측에서 결정 사항으로 바뀌지 않았나?

: 실제로 상상이 되니까 어쩔 수 없지.

: 문신이라기보다 음문(淫紋)이라 웃김ㅋㅋ

: 그거, 성적인 계기로 빛나는 이미지가 있는데. 어떻게 빛나는 걸까?

: LED겠지.

: Wow~ 과학이군.

: 세이 님이라면 음문이라도 신기하게 멋있을 것 같아.

〈우츠키 세이〉: 정말로? 그러면 온몸에 빈틈없을 정도로 새겨 볼까.

: 앙○마유[#37]냐?

: 이 세상 모든 성욕.

"다른 사람은…… 그렇지. 네코마~는 고양이 이모티콘처럼 원 포인트 타투라던가? 오시오는 흰 뱀이 어울릴 것 같네."

"좋네요~. 아직 일본에는 그다지 침투하지 않은 문화지만, 생각하니까 즐거워요! 아, 덤으로 에에라이 쨩은 어떨

#37 앙○마유 게임 「Fate」 시리즈에서 등장한 캐릭터, 앙리마유. 과거 마을 사람들이 완전한 선함을 위해 한 명의 청년에게 그들의 죄악을 전부 뒤집어씌우고 박해하는 과정에서, 청년의 몸에 그 죄를 뜻하는 문신을 빼곡히 새겼다. 이후 「성배전쟁」을 통해, 그는 인류를 절멸시킬 「이 세상 모든 악」이 되고 만다.

것 같아요?"

"그야, 등 전체에 박력 만점인 용이나 호랑이를 새겨야지!"

"의나 극 같은 한자 한 글자도 심플하고 풍류가 있어서 좋죠!"

"스파의 고우키처럼 하늘 천 자는 어때?"

"리얼 순옥살을 넘어선, 언제든 순옥살이네요!"

: ㅋㅋㅋ

: 완전히 극한의 길이군.

: 덤으로 끌려 나온 번장에 웃었다ㅋㅋ

: 해석 일치.

: 사뭇 당연하다는 듯 일본풍으로 갔군ㅋㅋㅋ

: 언제든 순옥살은 너무 치트니까, 트레이닝 모드에서만 써 줘.

: 믿을 수 있냐? 그 녀석, 원래는 동물원 원장이었다니까?

: 전 사육사가 보스가 되다, 극사육도.

좋았어. 점점 밝은 분위기가 돌아왔다! 이쯤에서 라이브 이야기로 돌아가자.

이어서 솔로로 노래한 곡의 선곡 이유나, 그동안의 준비 등 뒷이야기를 중심으로 화제가 진행되었다. 그리고 드디어 라이브 마지막 장면 이야기가 되었다.

"그럼, 마침내 다이아몬드 더스트 이야기를 해볼까요?"

"아아~ 그거 이야기할 거야? 지금도 조금 창피한데."

"안 돼요. 그 얘기를 안 하면 다들 화낼걸요."

"그렇겠죠~."

: 기다렸어!

: 그거 때문에 눈물샘이 붕괴해서 익사했지.

: 익사 형씨는 얼른 성불하슈.

: 잘 알지. 나도 그거 때문에 저격을 당해서 죽었잖아.

: 형씨는 타살이네요~.

"어디, 가볍게 설명하자면 다이아몬드 더스트는 라이브 마지막에 하레루 선배와 제가 콜라보해서 부른 서프라이즈 신곡입니다. 직전에 하레루 선배가 이제부터 라이버 활동에 전념하며 노력하겠다는 결의 표명을 했었으니까, 많은 시청자들의 기억에 남은 순간이었겠죠."

"천재인 나도 그때는 역시 긴장했다니까."

"흐름도 그랬지만, 곡 자체의 완성도도 높았어요."

"그야 엄청 기합을 넣어서 만들었으니까! 그 흐름에서 곡이 삐끗하면 평생의 수치야!"

: 근데 당연한 것처럼 작사 작곡을 혼자 하는 거, 진짜 천재야.

: 오랜만에 하레룽이 재능을 옳게 쓴 것 같아.

: 언제나 웃음을 위해서 정성 들여 자폭하니까.

: 음원화, 빨리!

: 음원화 부탁해~!

"후훗. 여러분 그렇게 말할 거라고 생각했어요. 맡겨주세요! 이번 주 안으로 음원용 레코딩이 시작됩니다!"

확 끓어오르는 채팅창. 그 곡을 라이브 공연에만 내보내기엔 너무나도 아깝다. 라이브온도 마구 힘을 주어 음원도 만들 예정이다.

올라오는 채팅을 눈으로 추적하면서 기쁜 기색으로 웃는 하레루 선배. 곡을 만든 사람이니, 역시 사람들이 원한다는 것이 기쁜 거겠지.

라이브 때도 최고였지만, 음원 버전도 다른 뉘앙스로 최고를 노리며 노래하리라고 마음속에서 맹세했다.

"만드는 거 힘들었어~. 곡명 자체는 금방 정해졌지만~."

"다이아몬드 더스트— 맑은 아침, 그것도 눈이 쌓인 아주 추운 날에 볼 수 있는 현상. 공기 중의 수분이 빙결되어 반짝반짝 햇살을 반사하고, 마지막에는 눈이 되어 내리는 현상이죠."

"그래그래. 어때? 우리한테 딱이지?"

"그렇네요. 이것 외엔 없을 정도로."

"노래하는 건 원래 좋아하지만, 그 정도로 노래하는 게 즐거웠던 건 처음이었을지도 몰라."

"저는 하레루 선배의 서프라이즈 탓에 아직도 어떤 마음으로 노래했는지 기억이 안 나요."

"아하하! 아왓치는 반쯤 울면서 불렀으니까."

당시의 정경을 떠올리면서 둘이 웃었다.

응. 회상은 이 정도로 마치자.

라이브의 주역인 하레루 선배에게 방송 마무리를 부탁한다. 고개를 끄덕여 승낙한 하레루 선배는, 한번 숨을 들이쉰 뒤 입을 열어 높은 소리로 말했다.

"라이버 활동에 전념하게 됐으니, 이제부터는 라이브도 팍팍 할 거야! 콜라보도 빈도가 늘어날 거라 생각해! 그러니까…… 뒤늦게 나타난 신인 VTuber, 아사기리 하레루를 잘 부탁해!!"

에필로그

어느 날, 별일 없이 솔로 방송이 끝나기 직전. 딱히 아무 일도 없는데 채팅창이 점점 소란스러워지는 걸 깨달았다.

: 세, 세이 님?!

: 세이 님의 영압이 사라졌다[#38]?!

: 응? 섹세이 님, 무슨 일 있어?

: 위험해! 섹세이 님이 드디어 갔어!

: 세이 님이 가버렸다!

응~? 어쩐지 여기저기서 세이 님의 이름이 보이는걸. 채팅창에 왔었나?

……하지만 그런 것치고 채팅창의 분위기가 어쩐지 어수선하네?

"다들 왜 그래? 세이 님이 가버리는 건 늘 있는 일이잖아? 일상다반사인걸?"

: 그게 아냐! 세이 님의 수익화가 가버렸어!!

: ㄹㅇㅋㅋ 완전 웃겨ㅋㅋㅋㅋ

: 세이 님, 수익화 박탈됐나 봐.

: 세이 님 본인이 아니라 채널이 가버린 거냐(당황)

#38 영압이 사라졌다 만화 「블리치」에서 주인공 쿠로사키 이치고의 절친인 사도 야스토라가 패배했을 때, 이치고가 그것을 느끼고 외친 대사. 오늘날 인터넷에선 패배 장면이나 방송 중 사람이 갑자기 사라졌을 때 밈으로 쓰인다.

: 어딜 갔나 했더니, 저승에 간 거였어?

: 정말로 갑작스럽네. 원인이 뭐지?

"뭐어어어어어어어어?!?!"

채팅창에서 예상도 못 한 뉴스를 보고, 나는 무심코 큰 소리를 내며 놀라버렸다.

그렇지만, 수익화가 사라졌다고?! 슈퍼챗 등등 여러 가지를 주 수입원으로 삼는 라이버에게, 수익화는 생명선이다. 그것이 박탈당했다는 건 슈와슈와하기 전의 내 상황으로 돌아간 거잖아!

그래도 세이 님이니까 생활에 필요한 비상금은 있겠지만, 설마 갑자기 이런 일이 일어나다니…….

큭! 어째서 세이 님이 이런 일을―?!

…………………….

어라? 오히려 그 세이 님이 어떻게 지금까지 문제없이 활동할 수 있었던 것인지가 의아해지기 시작했는걸?

뭐, 지금은 그건 제쳐두고…….

【우츠키 세이@라이브온】

속보) 세이 님, 범해졌다!

세이 님의 소중한 것(수익화), 빼앗겨 버렸어…….

"아, 본인이 카탓타에서도 보고했네."

그러면 농담이 아니라 진짜로 수익화가 사라졌구나……. 라이브온은 기적적으로 오늘까지 수익화 박탈이 없었으니까 혼란스럽네…….

이건 어떻게 해야 되지……. 한 번 본인의 이야기를 들어 볼까?

"아~ 응. 원래 이쯤에서 방송 마무리할 예정이었으니까, 오늘은 여기서 끝내도록 하죠. 잠깐 세이 님한테 연락해볼게요!"

: 네~에!

: 수고.

: 이다음에 세이 님과 위로 S○X를 하는 거군요. 알겠습니다.

: 설마 이걸 위해 일부러 간 건가……?

: 계획적 범행은 관둬.

: 후배로 가기 위해 채널을 보내버린 여자.

: 어쩐지 웃기지만, 솔직히 조금 걱정되긴 해.

: 내 말이 그 말이야.

세이 님이니까 약간 개그 같은 분위기지만, 채팅창에도 적힌 것처럼 나도 걱정이다. 이래 봬도 신세를 지고 있는 선배니까.

방송을 종료하고, 제대로 꺼졌는지 다시 한번 확인한 다음, 나는 세이 님에게 연락하려고 스마트폰을 열었다.

자, 일단 채팅으로…… 아니지. 걱정되니까 한번 전화를 걸어보자. 만약 안 받으면 채팅 보내면 되지.

통화 버튼을 터치하고, 신호음이 흐르는 가운데 응답을 기다렸다.

그러나 잠시 기다려 봐도 무기질적인 신호음이 울릴 뿐, 변화가 없다.

이건 안 받으려나…… 지금은 포기할까…….

그렇게 생각하여, 통화 종료를 누르려고 한 그때였다.

"……아, 여보세요?"

"여보세요? 아와유키 군이니?"

간발의 차이로 통화를 깨달아준 모양이다. 스피커에서 평소의 연극 대사 같은 세이 님의 목소리가 들렸다.

"갑자기 전화를 걸다니, 무슨 일이야? 세이 님을 만나고 싶어졌어? 호텔비 포함해서 155엔으로 어때?"

"싫어요."

"아무리 세이 님이라도 완전 적자인데, 칼같이 거부를 당할 줄은 몰랐어."

"애당초 적자라면 호텔비 포함이라는 게 이상하지 않아요? 그렇게 말하면 최대 155엔으로 쓸 수 있는 호텔이 있는 게 되잖아요."

"있어."

"진짜로요?"

"세이 님의 방."

"사건사고라도 일어난 방이냐고요."

“하핫. 확실히 세이 님의 냄새가 배어 있으니까, 언제나 다리 사이가 축축해지는 사고를 일으키는 방일지도 모르지.”

“연막 살충제 피워야겠네요.”

“하다못해 패브ㅇ즈로 안 할래?”

평소와 전혀 다를 바 없는 낌새로 섹드립 토크를 전개하는 세이 님.

음~ 수익화에 대해서는 그렇게까지 신경 안 쓰는 건가? 그냥 걱정이 지나쳤을까?

……아니, 아직 판단하기엔 성급해. 확실하게 한 번 수익화에 대해 물어봐야지.

“이런 토크를 하다 보면 저희는 끝이 없으니까, 본론으로 들어가도 돼요?”

“수익화 박탈당한 거 말이지? 괜찮아, 알고 있어. 조금 전엔 시온 군에게서 같은 건으로 전화가 왔어.”

“아~. 뭐 그것밖에 없을 거란 느낌이니까, 아시겠네요.”

조금 난처한 목소리로 시온 선배가 엄청나게 걱정을 했다는 걸 세이 님이 이야기해주었다. 아마 표정도 쓴웃음을 짓고 있을 거야.

시온 선배는 세이 님과 특히 사이가 좋은 데다가, 그녀는 남을 챙겨주기 좋아하니까. 상당히 조바심이 난 모양이다.

“최종적으로는『수익화가 돌아올 때까지 마마가 있는 힘껏 보살펴줘야지』라고 진심 톤으로 말하기 시작하길래 적당한 이유를 들어 통화를 끊었어."

"이때다 싶어서 말할 것 같네요……. 걱정하는 것도 사실일 테니까, 나중에 이야기를 제대로 해줘야 해요?"

"그렇군. 걱정을 끼쳐버렸으니까."

으음~ 하고 신음하면서 또 난처한 목소리가 되는 세이 님.

……응. 역시 본인도 완전히 신경 안 쓰는 건 아닌 모양이야.

"그래서, 저도 일단 질문인데요. 금전적으로는 괜찮아요? 풍속점에서 다 쓰지는 않은 거죠?"

"그건 문제없어. 너희들의 몸으로 망상하고 있으니까 성욕 해소는 공짜지! 신세를 지고 있습니다."

"신세 져드리기 싫어요. 망상료를 내세요."

"어, 어라? 혹시 세이 님이 수익화 박탈당한 걸 잊어버린 걸까나? 이중인격이니?"

"맞아요."

"그러고 보니 너는 정말 그랬었지."

"아니 뭐, 이건 농담이고……. 하아, 어쩐지 세이 님이랑 얘기하면 긴장감이 빠져버리네요."

"마음을 허락해준 증거로군. 그렇게 다리 사이도 느슨해진다면 기쁘겠는걸. 참고로 세이 님은 언제나 물이 넘쳐서 안 멈출 정도로 느슨하다고."

"할머니인가요?"

"요실금 얘기가 아닌데?"

하아, 이대로 이야기를 하는 것도 나쁘지 않지만…… 진전이 없는 것도 난처하네.

어쩐지 세이 님이 먼저 이야기해줄 분위기도 아니니까 이쪽에서 이것저것 물어봐야지.

"그래서 중요한 점인데, 수익화 박탈의 직접적인 원인은 아세요?"

"으음~. 그게 말이지. 세이 님도 조금 난처하거든."

"왜요?"

"센시티브 판정에 걸린 건 알겠는데, 일단 어떻게 봐도 아웃인 건 안 했단 말이지. 하지만 바꿔 말해 내가 하는 짓은 전부 그레이존이라 원인을 암중모색하는 상태야."

"아하. 세이 님은 숨 쉬듯 라인 위에서 사이드 스텝하고 있었으니까요."

"우에에에엥…… 그 탓에 세이 님 더럽혀졌어어~."

"오히려 더럽히는 쪽이 무슨 말을 해요."

"그래서, 왜 수익화가 박탈됐는지를 찾아 올라가면 최종적으로 『세이 님이니까』라는 결론에 이르는 거지."

"어쩔 도리가 없네에."

하지만, 그렇다. 원인을 알 수 없으면 명쾌한 해결책을 내는 것도 조금 어려울지 모르겠다.

이거 난처하게 됐네…….

"전에 했던 ASMR 방송 등이 위험하지 않았을까 예상은 하는데 말이지. 아웃라인에 닿았을 법한 아카이브는 지우게 될지도 몰라."

"뭐, 현재 상황에서는 그게 최선일까요. 그리고 앞으로 언동에 절도를 가질 것!"

"뭐, 앞으로 조심은 하겠지만…… 그래도 세이 님은 세이 님이야. 아무것도 안 변해."

"완고하네요…… 아니, 세이 님답긴 하지만요."

"그리고 말이야. 솔직히 말하자면 수익화가 멈춘 것 자체는 그렇게 신경 쓰지 않아."

"그런가요?"

"그야 세이 님이잖아? 오히려 어째서 지금까지 수익화가 유지된 걸까?"

"그걸 자기 입으로 말해요? 정말이지, 라이브온에는 계획범이 너무 많아요."

"그거, 부메랑이라는 거 아니?"

이래저래 말을 하면서도 걱정이 되는 건 사실이니까, 크게 신경 쓰지 않는 것에는 안심이지만…….

"수익화가 멈춘 것 자체는 신경 안 쓴다는 건…… 그것 말고는 신경 쓰이는 게 있다는 건가요?"

방금 그 말은, 조금 걸리는 게 있었단 말이지.

"……뭐, 사람에겐 여러모로 사정이 있잖아."

"얼버무렸어."

"아하핫. 아와유키 군도 수익화를 박탈당해보면 알지도 모르거든?"

"스스로 불구덩이에 뛰어드는 건 사양할 거예요."

"그런가. 하지만 정말로 조심해야 돼? 너도 생각보다 위태로운 방송을 하잖아?"

"그렇네요. 가까운 사람이 당하면 저도 예외가 아니라는 걸 실감해 버리니까 명심해야겠어요. 하지만 지금은 남 걱정보다 자기 걱정을 하세요."

"알았어. 아, 미안한데 이제 용건을 처리할 시간이 돼버렸군. 유감이지만 사랑의 밀담은 여기까지 해야겠어."

"사랑이라곤 요만큼도 없었던 것 같지만…… 알았어요. 갑자기 전화 걸어서 미안했어요."

"아냐아냐, 세이 님도 아와유키 군의 목소리를 들어서 참 기뻤단다."

그런 반응하기 어려운 말을 남기고, 세이 님은 통화를 끊었다.

으음~. 뭐, 멘탈적인 걱정은 괜찮을 것 같으니까 전화를 건 목적은 달성했을지도 모르지만……

어~쩐지 어영부영 넘겼단 말이지…….

물론 본인이 이야기하기 싫은 거면 어쩔 수 없고, 이야기하고 싶어졌을 때 진지하게 상담해주면 되겠지.

세이 님은 그냥 섹슈얼한 바보라고 생각했지만, 생각보단 수수께끼가 많은 비밀주의 인물일지도 모르겠어.

……그런 생각을 했었지만, 설마 내가 그런 일에 말려들 줄은. 이때의 나는 알 리가 없었다—.

■ 작가 후기

『VTuber인데 방송 끄는 걸 깜빡했더니 전설이 되어있었다』, 줄여서 『V전설』 3권을 집어주셔서 정말 고맙습니다. 작가인 나나토 나나입니다.

자, 이번 3권은 Web에서 2021년 연시쯤부터 적은 것에 가필 등을 한 내용입니다. 대략 이번 3권 간행보다 1년 전이군요.

1권, 2권, 권수가 늘어갈 때마다 미묘하게 집필 방식에 대한 접근법이 변화하고 있는 V전설입니다만, 이번 3권에서 드디어 그게 완성됐다고 개인적으로 생각합니다. 앞으로는 이 3권의 스타일을 베이스로 V전설의 세계가 펼쳐집니다.

내용은 재미있으셨을까요?

저는 V전설이라는 이야기를 아와유키라는 주인공뿐 아니라, 라이브온이라는 하나의 『그룹』을 즐기실 수 있는 이야기로 만들고 싶다고 언제나 생각하며 적고 있습니다.

만약 괜찮으시다면 아와유키 말고도 라이브온에서 최애 라이버를 찾아보세요!

그리고, 여러분의 응원 덕에 아무 문제가 없으면 이대로 4권 이후도 간행될 수 있는 흐름이 되고 있습니다.

요즘은 저 자신도 작품의 규모가 부풀어 오르는 것에 놀라는 한편, 커다란 모티베이션이 되고 있습니다.

하지만 그 영향이 있어서, 여러분도 깨달으셨겠지만 이번 3권부터 다소 검열이 강화되고 만 부분도 하나 있습니다…… 딱히 혼난 건 아닌데요? 다만, 앞으로 작품의 발전을 위해서는 아무래도 그것만큼은 그대로 쓸 수가 없다 보니…….

Web판에서는 그대로니까 용서해주세요! 아마 아와유키가 뭐든지 해줄 겁니다!

편집부 쪽에서도 이 V전설의 강렬한 작풍에 대해 크나큰 이해를 드러내 주시고 있으니, 앞으로 작풍이 크게 무너지는 일은 없을 겁니다.

다만 그 부분만큼은 너무 많이 써서 어쩔 수가 없었어요……! 사실 그대로 써왔던 지금까지가 이상했던 거죠!

앞에도 적었지만, 이것도 『V전설의 발전을 위해서』이며, 그만큼 대단히 커다란 한 걸음을 전진할 수 있었습니다. 앞으로도 여러분을 경악하게 만드는 기가 막힌 일들을 할 테니 기대해 주세요. 괜찮아요. 아직 제작진은 거하게 약을 빨았습니다. 그리고 이번 3권 내용에 관해서, 그 수정 사항 말고는 편집부에서 별다른 주의를 줄 낌새가 없는 시점에서 이미 늦었습니다.

마지막으로 이번 3권을 장식해주신 관계자 여러분, 그리고 응원해주신 독자 여러분께 진심으로 감사드리며 후기를 마무리하고자 합니다.

3권도 감사합니다! 4권에서 또 만나요.

■ 역자 후기

안녕하세요? 이번에도 불초 역자가 돌아왔습니다!

최근에는 전략적 사지 절단을 하면서 가나도 사냥 시즌을 기다리는 중입니다. 그리고 사지 절단 마스터 암사자의 에임에 감탄하거나, 12시간 마라톤을 달리는 사신의 젊음을 부러워하거나, 희망이었던 무언가의 성희롱에 전율하거나 했습니다.

……하긴 눈물을 마시는 새가 가장 아름답게 운다고 했죠. 심지어 Y사장의 눈물은 예외적으로 몸에 좋다고 합니다. 많이 마시고 오래오래 아름답게 울려무나. 아, 사장 양반. 뭐합니까? 얼른 더 울어요.

이번 권의 하이라이트가 라이브니까, 이에 대한 이야기를 해보죠. 개인적으로 역시 VTuber의 라이브라고 하면 그런 느낌입니다.

어, 아이돌이네? 어제는 분명히 게임 안 풀린다고 비명을 지르며 샷건을 쳤는데?

어허. 분명히 어제는 그랬다니까요? 막 게임 하면서 안 풀린다고 샷건도 치고, 겁쟁이라 놀래서 비명도 지르고. 잡담 방송을 하면서 섹드립도 치던 애였단 말입니다. 아니 근데 얘가 무대에 서서 노래하고 춤추기 시작하니까 아이돌이란 말이죠!

어? 그런다고 내가. 어? 내가 그런다고 널 이쁘다고 해 줄 것……. 어? 아, 이쁘네. 이, 이상하다.

그래! 잊고 있었지만 우리 최애는 사실 이쁜 애였지! 그래! 세상 제일 이쁜 애였어! 우와아아아! 이쁘다! 그래! 이쁘다!

그렇게 생각한 것도 잠시. 빠르면 몇 시간 뒤에는 무대 위에서 그렇게 이쁘고 빛나고 있던 아이돌이 온데간데없이 사라진단 말이죠.

……이상하다. 분명히 아이돌이었는데. 나는 꿈을 꾼 것일까?

정말이지 VTuber란 사람 마음을 들었다 놨다 하면서 종잡을 수 없게 만듭니다. 허허허.

물론 무대에서 빛나고 있든, 게임이 안 풀려서 샷건을 치든 최애는 최애입니다. 숙련된 VTuber 리스너라면 모든 것을 포용할 수 있어야 하는 법이죠!

독자 여러분도 이쁜 최애의 모습을 실컷 감상하는 인생이 되기를 바라며, 다음 권에서 또 만나요!

VTuber인데 방송 끄는 걸 깜빡했더니 전설이 되어있었다 3

초판 1쇄 발행 2023년 5월 10일

지은이_ Nana Nanato
일러스트_ Siokazunoko
옮긴이_ 박경용

발행인_ 신현호
편집장_ 김승신
편집진행_ 권세라 · 최혁수 · 김경민 · 최정민
편집디자인_ 양우연
관리 · 영업_ 김민원

펴낸곳_ (주)디앤씨미디어
등록_ 2002년 4월 25일 제20-260호
주소_ 서울시 구로구 디지털로 26길 111 JnK디지털타워 503호
전화_ 02-333-2513(대표)
팩시밀리_ 02-333-2514
이메일_ lnovellove@naver.com
L노벨 공식 카페_ http://cafe.naver.com/lnovel11

ISBN 979-11-278-6850-5 04830
ISBN 979-11-278-6572-6 (세트)

값 8,500원